TAKE
SHOBO

社内恋愛禁止

あなたと秘密のランジェリー

深雪まゆ

ILLUSTRATION
駒城ミチヲ

MITSU
YUME

社内恋愛禁止
～あなたと秘密のランジェリー～

CONTENTS

MITSU YUME

イラスト／駒城ミチヲ

あなたと秘密のランジェリー

Anata to himitsuno ranjery

Shanairenai Kinshi

社内恋愛禁止

プロローグ

部屋の空気があまく煮詰まったようにドロリと漂っている。

キングサイズのベッドの上、シーツの海を華奢《きゃしゃ》な脚が泳いでいた。

衣擦《きぬず》れの音、不規則に吐き出される吐息。

絡み合う二つの影が薄暗い寝室の中に浮かび上がっている。

「すごく甘い香りがする。ここ、赤くなって開いてるな。薔薇《ばら》の花弁みたいなこれ、好きだ」

「やっ……あっ、そんなに舐《な》めないで……。は、恥ずかし……」

「なにが恥ずかしいんだ？　そんなこと言いながら、わざと濡《ぬ》らして誘ってるんだろ？」

全裸《ぜんら》の小牧愛花《こまきあいか》は大きく開いた脚の間に、恋人の高瀬尚樹《たかせなおき》の頭を抱え込んでいた。彼の舌先が秘所を舐め、濡れた指で陰唇を淫らに開き、蜜口をくすぐっているのだ。

舌で味わうようにして全身を愛撫《あいぶ》され、サディスティックな瞳で視姦され、今は一番感じる場所を愛されていた。

「わ、わざとなんて……そんなっ」

シーツを握る両手が、羞恥《しゅうち》でぎゅっと力が入る。高瀬が秘芽を包んでいる皮をグリッと指先で剝《む》き、まるでビー玉でも転がすようにそれを弄《いじ》ってくるから、ビリビリ痺《しび》れるような快楽と共に腰が何度も跳ね上がった。

汗でしっとりと濡れた内腿《うちもも》へ、高瀬が唇を寄せる。きつく吸い上げられて、赤い痕《あと》を付けられたのを感じた。彼に触れられるとどこも敏感に反応し、そこから愛が染み込んでくるような気がして、愛花は満たされていく。

「あっ……んっ、あん、んっ！」

「かわいい声だな。もっと聞かせてくれ」

高瀬が体を起こし、猛《たけ》った自分の性器で愛花の陰部を撫《な》でる。卑猥《ひわい》で淫らな音が部屋に響き、今からあの大きな熱塊《ねっかい》で突き上げられるのかと思うと、もどかしい疼《うず》きが愛花の体を火照らせていく。幾度となく絶頂へ達した記憶が思い出され、その期待感で体がザワザワ騒ぎ出す。

「欲しいよな？　俺のこれが。……ここに、欲しいだろ？」

愛花を見下ろす高瀬が、淫靡《いんび》に開いた秘所へ焦《じ》らすようにして雄の裏側を擦《こす》り付けてくる。秘芽を彼の先端でつつき回されると、甘い快楽に体が震えた。

散々弄られ、愛された花唇は熟れた果実のように息づき、ヒクつきながら今か今かと高瀬の切っ先を待ち望んでいる。

昂奮で愛花の吐息に熱がこもり、吐き出す度に目の前が白く霞むような気さえした。

「あ、あぁ……尚樹さん、欲しい、それ……あぁぁっ……も、いれ、挿《い》れて……」

「挿れて？　そうじゃないだろ？　本当に欲しいときはなんて言うんだった？」

綺麗《きれい》な彼の顔は煽動《せんどう》的でいやらしい色に染まる。口元はニヤリと微笑《ほほえ》み、サディスティックな視線で愛花を見つめていた。

「尚樹、さんの……太いので、気持ちよく、して……」

「ああ、いい子だ。愛花はかわいい。本当に……かわいいよ」

愛花の膝の裏へ手を当てた高瀬が、さらに脚を広げて持ち上げた。

秘所もその奥まった隘路《あいろ》も、これから迎え入れる熱く太い剛直を欲しがって疼いている。

「ほら……これだろ？　ああ……入る」

「あっ、ああっ！　ひっ、んんっ、おき……い、い、ああっ！」

高瀬の亀頭が膣口をググッと広げた。僅《わず》かな痛みに一瞬硬直したが、一番太い部分をズブズブと一気に飲み込んでいく。すぐに愛液が高瀬の屹立《きつりつ》に絡みつくように滴《したた》りはじめ、彼の抽挿《ちゅうそう》を楽にした。

まるで粘膜に濃厚なキスをされているようで、淫欲《いんよく》は濃くなっていく。

熱の塊《かたまり》が体の中へねじ込まれる充溢《じゅういつ》を感じながら、意志とは関係なく愛花の肉壁がヒクリと戦いた。

「愛花……すごいな。中が熱くてうねって……俺のものに絡みついてくる。そんなに待ち遠しかったのか？　これが、好きか？」

高瀬が体を揺すり、すぐに肉腔を愛撫し始めた。じゅぶじゅぶ、と粘着質な水音が聞こえてきて、自分がどれほど濡《ぬ》れているのかを思い知る。

ズンと最奥を突き上げられると、愛花の体は甘美な刺激に攻められ何度も腰が浮ついた。

彼の一部が体内に入っている存在感を、押し寄せる快楽と共に感じ取る。

「あんっ、あっ、あっ、尚樹さんっ、それっ……いっ、いいっ……気持ち、い、ん……っ」

恥ずかしいのと気持ちいいのとが入り交じり、どうしていいか分からなくなる。高瀬が愛花の体を半分に折るようにして覆い被さってきた。彼の重みが愛しくて、涙が出そうなのを押し隠す。そしてより深い部分で愛され、奥を突く高瀬を締め上げた。

「んっ……んんっ」

高瀬に口を塞《ふさ》がれて、愛花の喘ぎ声は全て飲み込まれる。その間、彼の抽挿は止むことはなく、クラクラするような喜悦に踊らされた。

抱え上げられていた脚を解放されて、高瀬のストロークがゆっくりになる。ホッとしたのも束の間、今度は汗ばんだ肌に唇を寄せられ彼の舌が鎖骨を舐めた。同時に手の平が愛花の体の線を撫でるように這《は》い上がってきて、荒げた呼吸に上下する乳丘を包み込む。

「愛花の胸はいいね。俺の手の中にすっぽり収まって、乳首の色も……形も、弾力も、申し分ない。ああ……たまらない」

「尚樹さ……ん、吸って……私の……これを、吸って」

高瀬の眼差しが愛花の胸の先を視姦していた。

いつもは涼しげなその瞳の奥に、今は青白い炎がチラチラと揺れる。

その熱情に焼き尽くされたいと思う。

全身が快感に支配されるような感覚は心地よく、涙となってあふれてくる。

やわやわともどかしげに触る高瀬に焦れったさを感じ、もっと強く摑《つか》んで欲しくて自ら胸先をその口元へ寄せた。吸い寄せられるようにして、高瀬が愛花の胸へ野獣のように食らい付く。

「んっ！　ぁあっ！　あんっ……あっ、あっ、尚樹さんっ」

高瀬の舌が乳首を転がすように何度も往復した。ときどき甘嚙《あまが》みをされて、空いた手で乳丘を不規則に揉《も》んでくる。その間もずっと愛花の中を性器で攪拌《かくはん》し、じわじわと追い詰めてくる。

「俺より先にいくのか？　中が……ピクピクしてきた。中に、出していいのか？」

「平気……。ちゃんと、飲んでるから。……知ってるくせに」

薄いゴムでさえも彼との隔たりが嫌だから。そんな理由で経口避妊薬《ピル》を服用している。それを知っているくせに高瀬は毎回聞いてくるのだ。だがそんな風にちゃんと考えてくれているのはうれしい。

彼の問いかけに照れながらもそう答えると、粘膜の摩擦《まさつ》がさらに増した。熱い楔《くさび》が膨らみ、快楽を追いかけるようにして律動する。

「い、一緒に……いっ！　あっ！」

全身が燃えるようにカァっと熱くなる。さんざん揺さぶられたおかげで、接合部分はトロトロに融けたような感覚だった。汗ばんだ高瀬の肌に自分の肌が吸い付くようで、このまま本当に融けて一つになれたらいいのにと、この瞬間はいつもそう思う。

「出すよ、愛花」

高瀬の抽挿がさらに激しくなる。彼のサラサラだった髪は汗を含んで重くなり額へ張り付いていた。劣情に乱れた瞳は愛花を見つめ、果てるその瞬間も互いに絡ませた視線は逸らさない。

敏感に感じるその部分を、高瀬の大きく張り出した亀頭に抉られ嬲《なぶ》られると頭の中が真っ白になり弾けて意識が遠のく。

うわごとのように恋人の名前を呼びながら、愛花の腰は不規則に揺れた。

「尚樹さん……尚樹さんっ……ああっ！　もう、ああっ！　いくっ……いっ、あっ、あっ、あああっ！」

高瀬の動きがゆるりと最奥で止まる。同時に愛花の指先から足の先まで、そして髪の先端まで甘く痺れるような電流が駆け抜け、それは体の隅々まで満ちていった。

再び動き出した硬い楔《くさび》のせいで、白い花火が爆発したように瞼《まぶた》の裏がチカチカする。愉《ゆ》悦《えつ》の奔流《ほんりゅう》に飲まれ、脳芯が蕩《とろ》けるような快感に息が止まりそうだった。

「愛花……っ、少し、緩めて」

「あ、あ、で、も……まだ……中が、あんっ！」

隘路の痙攣《けいれん》が治まらず、高瀬の屹立をぎゅうぎゅう締め上げている。

彼は快楽に歪んでいた表情を和らげ、抽挿するスピードを徐々に落としていく。最後にグッと腰を押し付けられ、愛花はいつまでも続く狂おしいような絶頂を貪《むさぼ》る。

「ああ、もう少し中にいるから。好きなだけ味わえ」

ゆっくりと愛花の体の上へ全身を預けてくる。腕を伸ばして彼の湿った背中を撫でると、汗で滑る指先が心地よくて何度も往復させた。

胸の先が彼の肌で擦れて、愛花は思わずビクンと反応する。それに気付いた高瀬がクスクスと笑った。

そんな彼の笑顔を見つめながら、キスして欲しいな、と心の中で思えば、それを察した高瀬が、熱を持ってぼってりしてきた唇をさらってくれる。

「んっ、んんっ……は、ぁっ」

唇を奪いながら彼の右手が、愛花の乳丘をゆるゆると揉み始めた。侵入してきた熱塊のような舌が、愛花の舌を絡め取り何度も擦り合わせてくる。唾液《だえき》の絡み合う淫らな音に体の芯がじわじわと熱くなった。

「そんなかわいい声を出したら、またしたくなるけど、いいのか？」

ささやくような、吐息混じりの声で問われた。それと同時に、硬度を増す高瀬の切っ先に、隘路が押し拡げられる。ドクドクと瞬く間に鼓動は高鳴り、落ち着いてきていた淫欲はすぐさま蘇《よみがえ》って愛花をその気にさせた。彼のそれは不規則に息づいていてすでに臨戦態勢で、剛直を包み込む肉腔も同じように濡れ始めていた。

「尚樹さんの……もう、大きくなってるけど……このまま？　……する？」

恥じらいつつも、きっと彼はＮＯと言わないだろうと分かっていながら質問する。

「愛花がしたいなら、俺はいつだって大歓迎」

想像通りの返事にほっとして吐息を洩《も》らすと、甘い笑顔を見せた高瀬が再びキスを落としてきた。

そしてこのまま第二ラウンドへ突入することは間違いなかった。

第一章　二つの秘密

大手下着メーカー「ソレイユ」の営業・販売部で愛花は仕事をしている。短大を卒業して小さな繊維会社に就職し、事務員をしていた。しかし勤め始めて二年ほど経った頃、業績が悪化し経営が立ちゆかなくなった。このまま倒産かと思ったときに、なんとランジェリーブランドでも大手のソレイユが買収を申し出てくれたのだ。

幸運だったのは、そこで働いている従業員全てを引き受けてくれたことだろうか。おかげで愛花も失業せず職に就けている。出世など高望みはしないし、前と変わらず目立ちすぎず平穏に勤められるならそれでよかった。

この会社の社長である高瀬は、三十歳の頃に父親からこのソレイユを任され、社長職に就いたという。まだ社長になってから月日は浅く、年齢も三十二歳である。

これは会社のホームページに掲載されている、簡単な彼のプロフィールからの情報だ。

他にも、スポーツ全般が得意で、趣味は体を鍛えること。特にマラソンが好きで、最近は水泳も始めたと書いてあった。

彼の長身は人目を惹き、引き締まったバランスのいいスタイルはスーツを着用するとさらに際立つ。少し釣り上がった切れ長の目尻は涼しげで、虹彩の色は淡い栗色だ。魅力的なあの目に見つめられれば、女性なら身動きひとつできないだろう。

髪の色は落ち着いたアッシュブラウンで、癖がなく見た目よりもずっとやわらかい。前髪は長めだが、その隙間から蠱惑的《こわくてき》な目が見え隠れする。

顔立ちは整いすぎていて、一見取っつきにくい印象があるものの、彼の笑顔をひと目見ると、強く記憶に残ると誰もが言う。

その反面、愛花の見た目はいたって普通だ。どこにでもいるようなOLで、大勢の中に紛れたら目立つことはない。

髪はセミロングよりも少し長めの、やわらかな栗色だ。目鼻立ちははっきりしているが、目尻が垂れ気味なのをアイラインやメイクでナチュラルに補正し、できる女、という雰囲気を演出している。それでも子供っぽい印象を隠すことは難しいような顔立ちだ。

会社には制服があるから、出社時の服はそんなに気合いを入れてはいない。とはいえ、周囲にはおしゃれな女子が多く、変に目立つ服装では会社へ来ないようにしている。

アフターに力を入れている女子の服装は、やはりひと目で分かってしまう。

それに比べて愛花は、仕事終わりも週末も色気のあるスケジュールで埋まることはない。

あるとしても週末の女子会くらいで、平日は真っ直ぐ帰宅することがほとんどだ。

洋服の趣味は派手すぎず地味すぎず。流行に乗らない愛花は、露出の少ないものを選ぶ。

――地味だけど元はいいから、もう少しセンスのいい洋服に変えれば垢抜けるのに。

会社の同僚からそんな風に言われたことがある。自信のなさはそのまま愛花の外見を表していた。

だが一つだけ、こだわって買っているものがある。それはランジェリーだった。

自分に似合うとか似合わないとかを気にせず、どれだけエッチな気分になれるか、という基準で買うようにしている。それがいかにセクシーで大胆でも、服の下に着ているから見られはしないのだ。だから好きなだけ冒険ができた。

そうして外見と中身のギャップを一人で楽しむ。もしかしたら、本当の自分は洋服の中の方なのかもしれない、と思う瞬間もたまにあるくらいだ。

愛花が初めて会社へ着けてきた大胆なランジェリーは、シェルフブラとGストリングだった。

シェルフブラというのは、トップを覆う布がほとんどなく、バストをワイヤーなどで下から支える形のものだ。カップの部分には、透け感のある黒いレースがデザインされていて、ホルターネックのトップカバーを着ける仕組みになっていた。トップカバーを外せば乳首は丸見えになる。

Gストリングはフロント部分に小さな布があるだけで、サイドからバックは紐《ひも》状になっている〝ひもパン〟のような形のものだ。ちょうど尾骨の辺りに黒くて大きなバタフライの刺繍《ししゅう》がしてあり、セクシーなデザインが気に入って買ったものだった。

それを着けてきた日は、一日中ドキドキして過ごした。その高揚感は想像以上で、始業から終業までずっと体が熱かったのを覚えている。

下着姿になればかなりエッチな感じに見えただろう。だがどんなに大胆でセクシーなランジェリーでも上に白のブラウスとベージュのベストを身に着ければ、真面目で地味な愛花が完成する。

まさか制服の下にフロント布から秘裂の影が見えるような、過激なGストリングを履いているとは誰も想像しないはずだ。大胆なランジェリーを身に着けて仕事をしている状況に、愛花は密かに昂奮を覚え、それ以来、よりセクシーできわどい下着ばかりを購入するようになった。

幸い愛花の勤める会社がランジェリーを扱う会社だったのもあり、流行や新作の情報はいち早く入手できる。社員が新作のランジェリーを試着することもあるのだが、今やそれだけでは物足りなくなっている。

もちろん自社製品は社員なら誰でも社員割引で購入可能だが、愛花が買うのは単に派手なランジェリーではない。特殊な用途で使用されるものばかりで、自分の会社ではあまり扱っていなかった。

愛花は主に通販で購入しているが、最近ではさらに過激なものにも手を出し始めた。我ながら変な趣味だなぁとも思うが、ネットでショップサイトの巡回はやめられない。

会社では、女性社員が合コンやコンパで知り合った男性の話でよく盛り上がっている。一緒に行こう、と声をかけられることも少なくなかったが、男性との距離感を摑《つか》むのが下手な愛花はいつも断っていた。だから以前はセクシーなランジェリーを身に着けたところで、それを披露する場も、相手もいなかった。

男性が嫌いというわけではないが、自分の変な趣味を受け入れてもらえず、それに傷付くくらいなら自分だけで楽しめばいい、と決めてしまい、最初の一歩を踏み出そうとしなかったのだ。

だが現在、愛花には文句の付けようがない魅力的な彼がいる。

朝礼も終わり、みなそれぞれの仕事に精を出す中、愛花はパソコン画面を見つめたまま固まっている。もちろんキーを打つ指は止まっていた。

「どうしたの？　ボーッとしてるよ。まあ春のこの時期って仕方ないかな」

ボンヤリしている愛花へ、隣に座っている同僚の春木菜奈《はるきなな》が声をかけてきた。

「え、ああ。昨日、寝るの遅かったんだよね」

「なんだ、日曜日でハメ外しちゃった？　まさか彼氏？」

菜奈が可動式の椅子を滑らせて隣にやってくる。周囲の同僚の目を気にしながら、愛花の耳元でコソコソと耳打ちしてきた。

「ま、まあ……うん」

「やだもう、ごちそうさまぁ。そんなに激しかったの？」

「っていうか……回数？　的な？」

「確か愛花の彼氏って年上だったよね？」

「うん。七つ年上だよ」

「私たちが二十五だから……三十二歳だね。といっても、三十二ならまだまだ現役だね」

菜奈がセミロングのやわらかそうな栗色の髪を耳にかけながら、ニヤニヤと下世話な想像している。それを横目で見ながら、愛花は昨晩の様々なシーンを思い巡らせひっそりと頬を熱くした。

菜奈は前の会社からの友人で、愛花と同じ部署で仕事をしている。愛らしくてくりくりした大きな瞳と、ぷっくりしたピンクの唇が女の子らしさを漂わせていた。この部署でも

一、二を争うほど人気がある。
華奢《きゃしゃ》で色白、清楚《せいそ》で草食系に見えるが中身はかなりの肉食だ。イケメン好きで、彼女のイケメンセンサーはかなりのものだと愛花は思っている。

「まあ、回数こなせる男って精力的にはすごいよね」

うんうん、と一人でなにやら納得したように頷いている。

どんなことにも前向きで、いつも元気な菜奈にはなにかと助けられることが多い。それは仕事面でもその他でもだ。

「今、想像したでしょ？」

「え？　あ……分かった？　でもさぁ、愛花が彼氏を紹介してくれないのはどうしてなの？　もしかしてブサメン？　ってことはないか。愛花が選んだ人だもんね」

「ちょっと、私の男性の趣味、そんなに知らないでしょ？」

「知ってるよ」

当然でしょ？　という風に菜奈がこちらを見てくる。

そういえば、ランチのときに好きな芸能人やらを聞かれたことがあった。確かに見た目が格好いいに越したことはないが、選り好みをしているつもりはない。

「ねえ、紹介してよ～。私がいろいろチェックしてあげるから」

「やだよ。だって……たぶん菜奈の好みだもん」

高瀬の笑顔を頭の中に浮かべた愛花は、思わずニヤニヤしてしまった。その隣で菜奈が唇を尖《とが》らせ睨《にら》んでくる。

「いじわる～」

「えへ、ごめんね」

形ばかりに手を合わせて謝ると、ランチのときに一品奢《おご》れと言われた。

高瀬の外見はどう考えても菜奈のタイプだろう。彼女が横恋慕をするとは思えないが、高瀬が菜奈に気を向けるのは正直言って複雑な気持ちだ。友人として好きにはなって欲しいが、女性として意識されると困る。

浮気の心配はいつも死ぬほどしている。今だってそうだし、ベッドの中で抱かれながら考えることだってある。

（菜奈、ごめんね。やっぱり心配なんだ）

心の中で彼女に何度も謝った。女友達の一人も紹介できないのだから、狭量だなとは思う。しかし紹介できない理由はもう一つあった。

（うち、社内恋愛禁止だからなぁ）

ソレイユでは前代の社長、現在の会長が社内ルールを改訂した際に『社内恋愛禁止』というのを盛り込んだ。

以前、会社内恋愛で大問題を起こした社員がいたことで、それから全面的に禁止になったと聞いたが、その詳細は知らない。なんて迷惑なルールなんだ、とも思うが、それでも隠れて付き合っている人はたくさんいるはずだ。

(まあ、私もそのうちの一人なんだけど)

ペロッと胸の内で舌を出し、気持ちを切り替えて入力作業へ戻った。

しばらく集中して仕事をしていた愛花は、隣の席でなにやらソワソワし始めた友人に気付いた。菜奈は今日のランチはなにを食べるか、と社内ネットの社食メニューを見ながら呟《つぶや》いている。そういえばもうすぐお昼休みの時間だ。

「菜奈、あまり高いのはやめてよね?」

愛花がそう声をかけると、さて、どうしましょう? となにかを企むようににんまりと笑みを浮かべてこちらを向いた。

「愛花が打ち明けてくれないんだもん。A定食にしちゃうもん」

「ええっ! 一品って言ったじゃない」

焦《あせ》ってそう言い返すが、彼女は全く聞く耳を持たない様子で、定食のページを眺めている。

「なに？　なんの話？」

不意に、菜奈の席とは反対側から声をかけられた。頭を動かして左を向けば、涼しげな眼差しでこちらを見つめる颯真斎《そうまいつき》の顔があった。

「あ、いえ……その、ランチの話です」

「そっか。小牧さんの彼氏の話かと思った」

ニッコリと微笑《ほほえ》んだ颯真が、自然な仕草でメガネのブリッジに指をかけて押し上げる。

彼の鋭いひとことに心臓がバクバクと高鳴ってしまう。

颯真は営業・販売部の新規事業企画プロジェクトのリーダーで、愛花の部署では地獄耳で有名だ。会社の内部情報もそうだが、部署のメンバーのプライベートな情報までを網羅していると聞く。かといって、他言するわけではないし、その情報を悪用するわけでもないからいいようなものの、自分の弱みを握られているようで少し怖い。

「颯真リーダーって本当に、地獄耳ですね」

「それは人聞きが悪いなぁ。周囲に細やかな心遣いをしてるって言って欲しいよ」

彼はやさしげな表情でそう言った。見た目はかなりのイケメンの部類に入るだろう。

パソコンを使ったり車の運転をしたりするときは、銀縁フレームのメガネをかけるらしい。瞳は黒く力強い印象だが、微笑むと柔和な空気が漂いとてもやさしくなる。仕事をしている彼の真面目な顔つきは男っぽく、理知的でできる男というイメージだろうか。

愛花のいる部署の中では一番背が高く、百八十センチは余裕である。なのに威圧感がないのは、スマートなスタイルと整った容貌、そして彼が持つ気さくな雰囲気のせいだ。

全ての人に平等で好意的に接するそんな颯真は、他部署でもかなり人気があった。しかしその笑顔の裏にある本当の顔を決して見せない。つまり腹の中を明かさないというのが、愛花は怖くて仕方がないのだ。

他の女性たちに言わせれば、そのミステリアスなところがいい、と言うが、愛花は摑《つか》み所のない颯真とは一定の距離を保つ方がいいと考えている。

(出た！　この笑顔。笑ってるけど笑ってないように見えるのは、私だけ⁉)

颯真が再びニコリと微笑み、その瞳が印象的な弧を描く。これが愛花を妙に不安にさせる笑顔だ。

「なにか悩みがあったら僕が聞くからね？　そういうのを解決するのもリーダーの役目だから、気兼ねなく相談して」

「あ、……はい。ありがとうございます」

そう言いつつも頰が微妙に引き攣《つ》る。迂闊《うかつ》に相談なんてできない、と内心思いつつ、愛花は自分の仕事に集中したのだった。

お昼になる少し前、席を立った愛花は洗面所の個室に入っていた。

今日のランジェリーはソレイユのブランドではない。他社メーカーの新作で、ネットで見かけて購入したものだった。到底、会社に着けてくるようなデザインのものでもない。用を足す度にたまらない感触が愛花を襲う、魅惑的なランジェリーなのだ。

（これ、ドキドキする……）

クロッチ部分は左右に開閉できるようになっているオープンクロッチで、バックは紐状になっているGストリングだ。全体的に白いレースでデザインされていて、秘所に当たる部分には一センチほどのパールが連なり、お尻の方まで伸びている。歩くとそれが敏感な部分を擦《こす》るのだ。

（私がこんなのを着けてるなんて……誰も知らない）

ひと月の間でごく短期間だが、自分でも戸惑うほど性欲が高まる。それは女性特有の現象だと知ってはいても、止められない。きっと人よりもそれが強いのではないか、とも思う。そうでなければこんな下着を堂々と会社に着けて来られないだろう。

更衣室で着替えるときは、いつも人がいないときを見計らっている。まだ誰も来ない時間に出社して、さっさと着替えてしまうのだ。下着会社というだけあって、他の女性社員もかなり派手で大胆なデザインの下着を身に着けている。履き心地の試着や、他社の商品を調査するための着用だ。

愛花の場合も最初は他社商品の使い心地が気になって着け始めたのだが、今はむしろ、セクシーなデザインのものばかりを選んでいる。そして癖になってやめられないでいるのだ。だから他の女子社員に見られるのは避けたいという気持ちが強い。

こんな格好は恋人にしか見せたくはないし、と思いつつも、ちょっとしたスリルを楽しんでいるところがあるのは否めない。

愛花は個室の中でスマホを取り出しラインアプリを立ち上げた。

『今週末、仕事が入ってなかったら尚樹さんの部屋へ行ってもいい？』

そうメッセージを打ってしばらく待ってみたが、やはりすぐに既読は付かないし返事もなかった。彼の仕事が忙しいのは理解している。すぐに返答がないのはいつものことだけれど、それでも期待してしまうのだ。

「はぁ……、仕方ないか」

そう呟いた愛花は身なりを整えて個室から出た。洗面所で手を洗い、鏡に映った自分の髪をチェックする。今日は湿気が多いのか、いつもは真っ直ぐな髪が全体的に波打っていた。

再び、はぁ、とため息を吐いて歩き出すと、秘所でパールがグリッと動いて弱い刺激が走る。だが何食わぬ顔でフロアへ戻り、自分の席へそっと腰を下ろした。すると隣の席で書類をファイリングしていた菜奈が手を止め、慌てたように近寄ってくる。

「ちょっとちょっと、愛花。来てるよっ」

テンション高く話しかけてくる彼女に驚き、思わず瞬きする。一体なにごとかと訊《き》けば、高瀬がこのフロアに来ているというのだ。仕切りがないミーティングエリアへ視線を向ける。滅多に顔を見せない彼が、なにやら真剣な表情で話していた。そこには颯真の姿もあり、二人の間には小柄で腹の出た営業部の課長がちんまりと座っている。

そして高瀬の隣には秘書の衛本沙理《えもとさり》がピタリと付いて立っていた。彼女は優秀な秘書で高瀬が大企業から引き抜いたという噂《うわさ》だ。仕事ぶりは的確かつスピーディーだし、美人で頭もいい。天は二物を与えず、なんてことわざは絶対に嘘だと思った。

秘書であることをきちんと意識した彼女の格好は、男性社員の間でも人気があるらしい。ひとまとめに頭の後ろで束ねられた髪は知的な印象の黒だ。フレームレスでレンズの浅いメガネをさりげなくかけ、ナチュラルメイクに目立ちすぎない服装。足元は踵《かかと》の高くないパンプスだ。無駄に色気を振りまかないサイズ感のブラウスに、短すぎないタイトスカート。全てがピタリと決まっている。

飛び抜けて美人ではないという理由から、もしかしたら自分にもなびいてくれるのでは？　という淡い期待を抱く男性社員も多い。だが愛花は見抜いていた。あのメガネの向こうに隠しているくっきりとした二重の瞳や、ナチュラルメイクで頼れる女という雰囲気を演出している彼女が、どれほど美人であるかということを。

（尚樹さんの秘書ってだけでも不安だよね。あんなに美人なんだもん。私なんて甘ったれた目元をどれだけメイクで取り繕っても、あんな風にはなれない）

いつも一緒にいる衛本を羨《うらや》ましく思う。高瀬の隣に立っても見劣りしない、むしろお似合いですらある。年齢的にも身長的にも、そして二人の醸し出すあうんの呼吸さえも。

だから会社で高瀬の姿を見られるのはうれしいが、同時に目にする衛本の姿に劣等感を覚えてしまうのも事実だ。どうせ背伸びしてもあの域には到達できない。もしも愛花に飽きて彼女に走ったとしても、きっと太刀打ちできないと思う。

「高瀬社長と颯真さんが一緒だとさ、一気に別世界って感じだよねぇ」

菜奈がうっとりしながら赤くなった頬を両手で押さえ、会議の様子を見つめている。

確かに別世界ではあるが、颯真に対して特別な気持ちはないので愛花にとって興味の対象ではない。だが高瀬の方は別だ。愛花の完璧な恋人で、未だに付き合っているのが信じられない、王子様のような存在だ。

「まあ、あの二人は次元の違うイケメンだもんね。なんだか課長がかわいそう。それに衛本さんが加わってますます課長が気の毒」

「課長はねぇ。どう見ても狸オヤジにしか見えないし。あれで既婚者ってのが信じらんないっ。奥さんには悪いけど、私なら結婚できないわ」

「菜奈、狸オヤジは言い過ぎだよ。でも、昔は格好よかったのかもしれないじゃない？」

「え……じゃあ、あの二人も将来は課長みたいになるかもってこと？　いや〜〜っ！　想像したくない！」

菜奈は頭を抱えてデスクに突っ伏していた。しかしどう考えても高瀬の将来像は課長と被らない。

（絶対にないわ。尚樹さんの狸オヤジ姿なんて、微塵《みじん》も想像できない）

「いいなぁ、あんな格好いい彼氏がほしぃ〜」

イケメンを見ると毎度のように同じセリフを吐く菜奈を横目に、本当はあそこにいる高瀬が自分の彼氏なんだよ、という言葉を必死に飲み込んだのだった。

第二章　思いがけない出会い

高瀬と今のような恋人関係になったのは二年ほど前、愛花が二十三歳のときだった。当時は彼氏いない歴が年齢と同じで、週末のデートの約束なんて皆無だった。女友達との予定がないときは、一人で気ままにショッピングに出向くことはあったが、立ち寄るのはいつも同じような店だ。愛花が目に留めるのは大胆なランジェリーに限ってで、洋服は当たり障りないものばかりをチョイスしていた。

買い物はもっぱら近所のショッピングモールへ足を運ぶのだが、その日は偶然、ランジェリーショップ〝フラフィ〟のオープニングだった。興味が湧いて店内へ入ってみると、ファンシーな感じの商品から少し攻めた大人っぽいものまで、思った以上に品揃えがよくセンスのいい商品がたくさん並んでいる。

店内はそんなに広くなく、十名も人が入れば混雑した印象を受ける規模だ。今はオープニングだけあってかなりの女性客が商品を見ている。どちらかといえば、愛花よりももっと若い十代の子たちが多いようだ。

今時の若い子はこんなデザインを好むのかと思うと、少し前まで学生だった愛花でさえジェネレーションギャップを感じる。

少し気後れはしたものの、愛花好みのデザインが目に入り、つい引き寄せられてしまった。

（これ、かわいいなぁ）

手に取ったのはカップの浅いピンクのブラジャーだ。レースに縁取られたカップは乳首が隠れるくらいの深さしかないが、紐状になったレースの肩紐が胸を引っ張り上げるような形になっている。首の後ろでリボン結びができるホルターネックだが、洋服から見えてもいいようなデザインだ。鎖骨の辺りに付いた黒いリボンがアクセントになっていて、一見大胆だが、それでいてかわいらしさも忘れていない。上下セットで値段はそこそこするが、インパクトがあり愛花の興味をそそる。

（ちょっと値段は高いけど、これ欲しいな）

愛花には少しかわいらしすぎるかもしれないが、誰に見せるものでもないなら、思い切り趣味に走って買ってしまおうかと迷う。サイズを確認しながら、手にしたランジェリーを吟味していると、不意に背後から声をかけられた。

「お気に召しましたか？」

ランジェリーショップで声をかけてくるのは大抵女性だし、サイズを見てもらうのも女性以外に考えられない。だが振り返ったそこに立っていたのは、文句なしに格好いい男性だった。

「え？　あ、あのっ！　ええ⁉」

予想外の出来事に驚いてしまった愛花は、商品を掴《つか》んだまま一歩二歩と下がる。その先は運の悪いことに新作展示のエリアだった。十センチほどの高さの台座には愛花の身長より高いマネキンが立っている。その台座に愛花は見事に踵《かかと》を引っかけてしまった。

「あっ……！」

「危ないっ！」

支えもなく傾く体を、彼が慌てて引き寄せてくれた。危うく展示に突っ込みそうになったが、寸でのところで助けられる。心臓が驚くほど早く鳴っていて、背筋がヒヤリと冷たくなった。

しかし次の瞬間、爽やかな香りが愛花を包み、不思議な気持ちになる。

「ごめんね。やっぱり男が声かけたの、いやだった？　びっくりさせたかな？」

親しげでやさしい声が聞こえたのは頭の上からだ。他の買い物客がいる中で、愛花は男性に抱き留められている。

「あ、あ、あの！　すみませんでした！」

慌ててその男性の胸の中から抜け出すと、彼は驚いたような表情になったが、次の瞬間、うっとりするようなやわらかな笑みを浮かべた。

「いや、俺が急に声かけたのが悪いから。これ、気に入ってくれた？　俺がデザインしたんだ。君に似合うと思うよ」

王子様のような目映《まばゆ》い笑顔でそう声をかけてくれたのに、なにも言えずに愛花は呆然《ぼうぜん》と見つめる。

「君、大丈夫？」

首の辺りから頬全体まで熱くなっているのが分かる。周囲の視線よりなによりも、彼に見られているだけで体の芯が疼《うず》いたのだ。全身を電気が駆け巡るようなこんな衝撃は初めてで、この人が格好いいから、というだけでは説明できない現象だった。

爽やかでやさしい感じがするのに、色っぽい。彼の纏《まと》っている雰囲気は辺りを包み込んでくるような感じで、だがそれとは相対して周囲を威圧するオーラも持ち合わせていた。

なにも答えない愛花を心配したのか、少し困ったような表情になっているが、それすら格好いい。

（なに、これ……私、どうなってるのかな？）

周りの音が消え、スローモーション映像を見ているように彼の表情や瞬きがはっきりと目に入る。まるで時間が止まったような感覚を味わっていた。愛花の五感全てが目の前の男性に惹きつけられている。

整った容貌は欠点も見つけられない。

黄金比をなぞったような理想的に配置された顔のパーツ。

スッと伸びた鼻筋の下にある形のいい唇が再び弧を描き、さらにその魅力が倍増する。唇の間から見えたのは真珠のような真っ白い歯だ。

呆気《あっけ》にとられて動けないでいる愛花は、彼の視線が自分の手にしているランジェリーを見つめたあと、ゆっくりと舐《な》めるように全身を観察していると気付いて我に返った。

「だ、だ、大丈夫です！」

それだけ言うのがやっとで、手にしていたランジェリーを彼に押し付けると、愛花は下を向いて店を出た。

転びそうになったのが恥ずかしいのではない。それは分かっていた。

（あの人の目に、吸い込まれそうだった。見られているだけで、胸が……苦しい。なにこれ！）

彼氏いない歴が年齢の愛花にとって、初恋のような衝撃だった。

家に帰ってからもあの男性が気になって仕方がなくて、翌日の会社帰りにまた〝フラフィ〟へ立ち寄った。だが彼の姿はない。肩を落とし、それから店の前を通って帰る日々が始まった。

（お店の人じゃなかったのかな。でも、じゃあ彼女と一緒に来てたとか？　デザインした……とか言ってなかったっけ？）

あの栗色の瞳を思い出すだけで鼓動が高鳴る。彼の声をもっと聞きたいと思う。だが、あんなに格好いいのだから彼女の一人もいないはずがない。そう考えると気分はたちまち落ち込んだ。

（私……なにしてるんだろう）

それからはお店に入る勇気もないまま、向かい側にあるカフェへ通う日々になった。その場所からは〝フラフィ〟がよく見える。そこでコーヒーを飲みながら愛花は考えた。今まで恋愛をしてこなかった自分が、いきなりハードルの高い恋に手を出そうとしているのではないか。

分不相応、そんな言葉が頭に浮かぶ。経験がないからこそ恋に恋してしまい、期待してはいけない出会いに希望を持ったのかもしれない。

そう思い、このカフェに通うのも今日で終わりにしよう、と決めたときだった。

「お客様。すみませんが、相席をお願いすることは可能でしょうか？」

カフェの店員に声をかけられ、店内がかなり混雑していることに気付く。コーヒーだけで長時間席を独占するのは悪いから帰ります、とそう口を開こうとした――しかし。

（あの人……！）

カフェの入り口で、先日の男性が他の店員と話しているのが目に入った。彼の瞳に見つめられ、力強い腕に抱きしめられてから何日も過ぎている。けれどその姿を目にした途端、一瞬で時が引き戻される。驚いて息が止まり、愛花の胸は早鐘を打った。

「お客様？」

目の前の店員をすっかり無視していたことに気付き、ハッとする。

「あ、はい。大丈夫です」

混乱して、なにを聞かれたのか頭から飛んでいた。そしてこちらを見つめながら彼が歩いてくるので、さらに緊張は高まる。

（え？　ええっ!?　なんでこっちに来るの）

入り口から奥まったこの席まで、店員に案内されて来た彼が愛花に微笑みかけた。

「相席をお願いしてしまって、すみません」

彼はそう言うなり、愛花の向かいの席へと腰を下ろした。やさしい笑顔と、うっとりするような低音で心地いい声。愛花は返事をするのも忘れて彼の顔を見つめるだけだ。なにも言葉が浮かんでこない。

「あの、俺のこと覚えてない？」

「え、あ、あの、えっと……どうも！」

緊張しておかしな返答をしてしまっても、彼はあのときと同じように笑ってくれる。もうそれだけで幸せで夢のようだった。

「君、うちの店に来てくれた女の子、だよね？」

「は、はい！　あのときは……その、すみませんでした！」

「いや、いいんだ。でもあの商品、買うつもりだった？　俺が驚かせてしまったから買わずに出て行っただろう？　悪いことしたと、思ってたんだ」

「あ……はい。でもまた買いに行きます」

「そう？　ならよかった。あ、ここは俺が払うから。相席させてしまったし」

運ばれてきたコーヒーを飲み始めた彼が、口元を綻《ほころ》ばせた。

彼はあの日、新店の視察に来ていたのだという。まだ三十歳だというのに有名下着メーカー、ソレイユの社長であると聞かされた。

「社長さん……なんですか？　でも社長さんもデザインされるんですか？」

「まぁ社長といっても元々デザイン畑の人間だったから。どんなものでもデザインを考えるのは楽しいね」

でも女性の下着は難しいよ、と彼は悪戯《いたずら》っぽい口調で呟《つぶや》いた。自分の趣味が表に出てしまうから男性には難しい、などと言われ、愛花は少し恥ずかしくなった。

（ってことは……私が気に入ったっていうあのランジェリーは、この人の趣味が入ったものだったってこと？）

そう思うともうあの下着を買いに行けなくなりそうだった。しかし行くと言った手前それはそれで困る。

格好いいだけじゃなく、その肩書きまでが王子様だったことに愛花は驚き、そして自分の手が届くような人じゃないことを思い知った。今日は偶然相席したおかげで彼といろいろ話せたが、きっとこれ以上は進展しないだろう。

（高望みはしちゃだめだ。でも、今楽しむだけなら、そのくらいはいいよね？）

心の中で呟いて、それでも彼のことを少しは知ることができてうれしかった。

父親から会社を任されて社長になったばかりであること。本当はデザインをやりたかったが、これからはそうはいかなくなったこと。そしてこの間、愛花が手にしていたランジェリーは、最後に手がけた商品だったということ。

彼は楽しそうにそう話してくれて、初めてお店で会ったときに感じた近寄りがたいオーラはすっかり消えていた。愛花は運命のような偶然に胸を躍らせ、炭酸がパチパチと弾けるような胸のときめきに酔っていた。

四十分ほど相席し、緊張しながらもなんとか話せた。そして最後は名刺までもらったのだ。だがきっともう会うことはないだろうと、思っていた。

たまたまあのお店でランジェリーを買いそびれたから、気にしてくれていた。このカフェでの再会も、こんなに混んでいるのに長居していた愛花の前の席がたまたま空いていたからというだけなのだ。

（期待しちゃだめだ。だってあんなに格好いい人が、私を……なんて、考えられないもんね）

しかし、愛花のそんな思惑はことごとく外れた。その名刺の裏にはプライベートの電話番号が手書きで記してあり、電話を待っています、とメッセージまで添えられてあったのだ。なんの冗談かと思いながら、その夜、頭を抱えながら散々悩むことになった。

しかしそれに耐えきれなくなった愛花は、相席したときのお茶代を彼に払ってもらったお礼のつもりで電話をしてみよう、という、奥手の自分にしてはあり得ない決断を下したのだった。普段ならこんな風に積極的に電話などしない。思えば、自分から行動したのはこれが初めてだ。

時間を考えタイミングを考え、何度もダイヤルパネルを開いては閉じ、ベッドの上でゴロゴロ転がりつつ迷いながら、ようやく発信ボタンを押す。

コールの最中はドキドキして落ち着かず部屋を歩き回り、手にしているスマホが汗で滑るほどだった。

呼び出し音が途切れて、はい、とやわらかな声が鼓膜を揺らす。

「あのっ、こんばんは！　こ、小牧、です」

『あ、愛花ちゃん？』

普段からそう呼んでいるかのように自然な応答に、ただでさえ緊張している愛花はさらに慌ててしまった。頭が真っ白だ。考えていた言葉がポーンとどこかへ飛んでいき、動揺が声を裏返らせた。

「きょ……今日は……その、カフェで、ご、ご馳走していただき、ありがとうございました！」

『そのくらい気にしなくていいよ。でもありがとう。そのためにお礼の電話をくれるなんて、ちゃんとしてるんだね。親御さんの育て方がよかったのかな』

「そ、そんなっ。お店であんなに失礼な態度を取ったのに、ぎゃ、逆にごちそうになってしまって……どんな風にお返しすればいいのか、わか、わからなく……」

『そう思ってくれるんだ……そうだな。じゃあ、今度は愛花ちゃんが俺にごちそうしてくれればいいよ』

「え？　私が、ですか？」

『うん。えーっと、来週の日曜日は空いてる？』

そう聞かれて一瞬戸惑ったが、慌てて近くの卓上カレンダーを手に取り、日付をなぞるように指を滑らせる。そんなことをしなくても予定がないのは一目瞭然《いちもくりょうぜん》なのに、思わずそうしてしまった。やってしまってから恥ずかしくて顔が熱くなる。

心臓が無駄にドキドキして、愛花は電話を耳に当てながら部屋の中をグルグルと歩き回りながら話した。

「予定は……ないです」

『よかった。お昼前に迎えに行くよ。最寄り駅はどこ？』

「私、えっと、阿佐ヶ谷駅が最寄りですけど……」

『ＯＫ。じゃあ十一時に、駅まで行くから』

爽やかな返答にグッと言葉に詰まる。傍にいないのに妙に気恥ずかしくて、顔が熱くなった。単にカフェでのお礼のつもりでかけた電話だったのに、なぜか次に会う約束をしている。

（あれ？　私、なんでこんな約束しちゃってるんだろう？）

不思議に思いながらもとんとん拍子で話が進み、来週の予定が決まってしまった。

電話を切ってからしばらく放心していたが、ハッと気がついてカレンダーに約束を書き込んだ。

（なにこれ……週末に予定が入っちゃった！　もしかして、デート？　デートってこと）

妙にうれしくなって、カレンダーを手にしたままベッドへゴロンと横になった。まだ胸が騒《さわ》いでいる。落ち着かせたくてカレンダーを抱きしめた。まるで彼氏とデートの約束でもしたかのような高揚感に、浮かれすぎてはいけない、とすぐに自分を諌《いさ》めたのだった。

それから一週間、仕事をテキパキとこなし、やけに浮かれる愛花を一番不審がったのは奈菜だった。

（彼氏じゃないもん。そうなれば……いいけどさ）

そんな風に考えながら、彼女の冷やかしをなんとか誤魔化《ごまか》し続けた。

約束の週末はあっという間にやって来た。電話で話した通り、高瀬は阿佐ヶ谷駅まで車で迎えに来てくれた。そして今、愛花は黒のレクサスの助手席でどうにも居心地の悪さを感じている。

別に高瀬の隣が嫌だというわけではない。男の人の車に乗るのが初めてで、緊張し過ぎて落ち着かないのだ。高そうな車は車内もいい香りがして、それが余計に愛花を固くする。

「あの……どこに行くんでしょうか？」

「ん？　そう遠くないよ。高速だとすぐだから」

高瀬は以前会ったときのスーツ姿ではなく、カジュアルでおしゃれな服装だ。グレーのジャケットにネイビーのチノパン。インナーのシャツは黒のチェックでさり気なく、シルバーのネクタイチェーンには小さな十字架が下がっている。足元はブーツで、もちろんぴかぴかに磨かれていた。

（高そうな服。それにすごくセンスいいなぁ）

駅前で迎えられたとき彼の姿を見てそう思った。比べてみて、自分のセンスのなさに穴があったら入りたいとさえ思う。耳元はピアスもイヤリングもない素っ気なさ。上着は襟ぐりの空いたプルオーバーで模様もないシンプルなものだ。見える胸元にもアクセサリーなどは付けていなかった。

青地に緑と黒のブラック・ウォッチ柄のロングスカートが脚を踝《くるぶし》まで隠していて、地味だから、と上着は臙脂色《えんじいろ》にしてみた。

（なんだか、隣にいるのが申し訳ない気がする）

そう思っていると自然に口数も減ってしまい、車内で沈黙が続いた。気まずさを感じたのか、高瀬がこちらの様子を窺《うかが》っているのが分かる。

「平気？　車酔いしてない？」

「あ、はい。大丈夫です。あの……どこへ行くんですか？」

高速に乗ってから結構走っている。都心に向かっているのは分かっていたが、行き先を教えてもらえなくてさすがに不安になってきた。

「愛花ちゃんくらいの子たちが行きそうな場所？　っていうのかな」

またもや明確な場所を教えてもらえず、はあ、という中途半端な反応になってしまった。

車は首都高都心環状線から国道へと出た。しばらくトンネルだったので、外の光が眩《まぶ》しくて何度も瞬きをする。

（この辺って、六本木だよね？）

少し前に六本木二丁目の標識を見た気がする。だから余計に行き先を知りたい。お財布とも相談しなければ、高瀬にごちそうするどころの話ではなくなる。お店のチョイスもさせて欲しかった、とここまで来てそう思い始めた。

「大丈夫。そんな心配そうな顔しないでいいよ。高級料理店なんかに行かないから」

愛花の顔色を察した高瀬にフォローされて、見透かされた胸の内が妙に恥ずかしくなった。

「すみません……ちょっと、ドキドキしちゃって。こういうのも、慣れていないから」

「ああ、彼氏はいないの？」

「いません……」

誰にでもそんな風に聞いている、という感じの口調に思いがけず傷付き、沈んだ声音で返事をしてしまう。

愛花の返事を聞いてクスッと笑った高瀬が、信号で止まったタイミングでこちらを向いた。

「そう、よかった」

なにがいいのか分からず、舞い上がっていた愛花の気持ちはストンと落ちた。高瀬の何気なく口にしたひとことで気持ちが振り回され、言葉の意味をいろいろ考えてしまう。胸の中にはもやもやした気持ちが広がっていた。

それからはずっと話が弾まず、彼の質問には曖昧なＹＥＳ、ＮＯで応答するだけになった。

どうやら目的地は東京ミッドタウンだったらしい。地下の駐車場へ車を停めると、助手席へ回った高瀬が扉を開けてくれる。そうされても愛花の気分は降下したままだ。

彼の斜め後ろを着いて歩きながら、浮かれに浮かれていた自分が恥ずかしくなった。

（王子様とか、アイドルとか俳優とか……自分の中でそういう人物像を作っていたのかもしれないな。出会いが出会いだったから……）

少しも高瀬のことを知らないのに、見た目通りの中身を勝手に想像した結果だ。

「愛花ちゃん、こっち」

後ろを着いて歩いていたはずが、いつの間にか目の前の男性が見知らぬ人に変わっていた。驚いて声の方へ顔を向けると、お店の前で高瀬が手を上げている。

「あ、すみませんっ」

小走りで駆け寄り息を吐いた。モダンながらもアットホームな感じの店の中へ入ると静かで落ち着いた雰囲気だった。予約を入れていたのか、高瀬が店員に名前を告げている。

店内に空席はほとんどなく、見るからにおしゃれな大人の男女が食事をしていた。高瀬だけならともかく、自分の冴えない格好が浮いて見えるのではないかと心配になる。

唇を嚙《か》みしめ体を小さくして俯き、両手でスカートを握りしめた。席まで案内されて顔を上げると、目の前には新緑が広がっていた。

「外？」

「そう、外。少し寒いかな。外で食べた方が気持ちいいかと思って、テラス席にした。さ、どうぞ」

愛花の背後に回った高瀬が椅子を引いてくれる。さっきまでの劣等感が少しだけ消え、ポカンとしたまま着席した。店内よりは人が少なく、周囲の目をさほど気にすることはなさそうだ。

テラス席から望める檜町《ひのきちょう》公園は、静かで広々として心地いい場所だった。秋風が木々を揺らし、さわさわした葉音がまるで小鳥のさえずりのようだ。

「大丈夫。予約したのは席だけ。今日はランチだからリーズナブルだよ」

「そう、ですか……」

メニューに視線を落とし、値段を見てホッとする。ランチコースは一八〇〇円ほどだ。これなら二人分でも支払えそうだと思う。

「ここはこう見えて、子供連れでも入れるお店だから、そんなに肩肘張らなくていいよ。でも出てくる料理はニューヨークの人気レストランと同じメニューだから、味は保証付き」

向かいに座った高瀬がニッコリ微笑む。それでも緊張は取れなくて、結局、高瀬の言うままに注文した。

「少し、機嫌悪い？」

「え、別に……そんなことないですけど。こういうお店なら、最初にそう言って欲しかった、です」

「どうして？　別にドレスコードはないし、見た目で入店を断られないよ」

そんな風に言われても、自分が場違いなことをどうにも理解してもらえないようだ。やはり次元の違う人種なのかな、と内心ため息を吐く。

「そう、なんですけど。でも……」

「俺は、見た目で人を判断しない。愛花ちゃんがどんな格好だろうと、ああやってお礼の電話ができる女性だってことを知ったから。それに、喜怒哀楽が顔に出てしまうかわいらしいところも発見した」

恥ずかしげもなくそう言われ、出てますか……、と思わず両手で頬を押さえた。

彼はずっとにこやかに愛花を見つめていた。まるで観察されているような気がして所在なくなる。

高瀬がなにかを言おうと口を開いたとき、愛花たちの脇を三歳くらいの女の子が走り抜けて行った。それをボンヤリと目で追っていると女の子は派手に転び、愛花は思わず「あっ」と声を上げる。

「うあぁぁぁぁん！」

辺りに泣き声が響き渡る。母親はテラス席にいないのか姿を見せず、周囲はなにごとかと視線を送り始めた。

（大変！　あの子、転んじゃった！）

助けなくちゃ、と思い席を立とうとした愛花より早く、高瀬が足早に駆け寄って行った。

「大丈夫か？　ほーら、痛くないぞ。少し擦《す》り剝《む》いただけだ」

起き上がろうとしない女の子を助け起こし、洋服の埃《ほこり》をはらっている。それでも泣き止まなくて、大きな声が辺りに響いた。

「ママぁ……、ママぁ……っ！」

「かわいい顔が台無しになるよ。ほら、綺麗《きれい》にしような」

涙と鼻水に濡《ぬ》れた頬を、ポケットから出したハンカチで拭い去る。そして彼女の手を取った彼は、ママはどこかな？　と辺りを見回す。しかしその間も女の子は泣き止まない。

高瀬がもう一度彼女の前へしゃがみ、ニッコリと笑みを浮かべた。そして胸元へ手を入れ、ポンと赤い薔薇《ばら》の花を取り出して見せる。

「はい、美人さんにはお花をあげるよ」

目の前に突然出てきた花に驚いた女の子はポカンとする。泣くことを忘れて花と高瀬を交互に見つめ、不思議そうな表情を浮かべた。

「わぁ……どうやったの？　どこにあったの？」

ジャケットの内側から出てきた花に驚き、必死に内ポケットを見ようとしている。他にも出てくると思っているらしい。

そうしているうちに、店員が母親を連れてきて女の子を引き渡す。母親は店内で食事をしていたらしく、目を離した隙に子供が勝手にテラス席へ出て行ったと説明していた。

なんとか騒ぎが収まり、彼が席へ戻ってくる。

「一件落着」

相変わらず余裕の笑みを浮かべている高瀬へ、驚きと感動の眼差しを注ぐ。

「鮮やかですね。私、すぐに反応できなかったです。子供、お好きなんですか？　っていうか、薔薇の花、どこから出たんです？」

「あれ？　愛花ちゃんもあの女の子と同じように、俺のジャケットの内側が見たい？」

ジャケットの内側を見せる仕草をしながら、彼は得意気な表情を浮かべている。

「い、いえ！　そうじゃなくって。あまりにあやすのが上手いなって。それに手品もできるんですか？」

彼の印象は乱高下を繰り返し、さっきの女の子のように今はもう高瀬に釘付けだった。

「そんな難しいものじゃないよ。君にあげようと思っていた薔薇を借りただけだから」

「え？」

どういう意味か分からず、今度は愛花がポカンとする。その様子を見ていた高瀬が背中へ手を回して取り出して見せたのは、赤いリボンがかけられたピンクの不織布袋だ。それを愛花の目の前へそっと差し出してくる。

「あの、これは？」

「小さなプリンセスに少し邪魔されたけど、食事の前に君へ渡そうと思ってた。実はここに挿してあった飾りなんだ」

指さしたのは不織布の袋の結び目だ。どうやらここに薔薇が付いていたらしい。席を立った瞬間に抜いて内ポケットへ仕込んだのだろう。あまりに鮮やかな機転に言葉も出なくなった。

「うわぁ……なんだか、すごいですね」

「すごいって、手品が？　それとも美人の扱い方が？」

冗談交じりに言われ、愛花は思わず笑ってしまった。面白い人だなぁと思い、自分の単純さに呆《あき》れつつもあっさりとさっきの気持ちを忘れてしまう。

そして目の前に置かれた不織布袋を見つめ、期待感に鼓動が早くなる。

「これ、私に……ですか？」

「うん、君にあげるつもりで持って来た。中身は出さないで、覗いてもらえるかな？」

変な言い方だな、と思いつつ、リボンを解き窄《すぼ》まっていた袋の口を広げた。

「あ……」

中には見覚えのあるデザインのランジェリーが入っていた。あのお店でかわいいなと思って手にした商品だ。覆っている透明な袋にはメッセージカードらしいものがかかっていて、そっと手を伸ばして文字を読む。

『愛花ちゃんへ。君のセンスは最高だよ。これは君にしか似合わない』

気障で歯が浮くようなセリフが並んでいる。だがすっかり高瀬への印象が変わってしまった愛花には、とどめの一発のようなものだった。

「まだよく知らない相手からそういうのをもらうのは抵抗あるかなと思ったけど。愛花ちゃん、あれから店に来なかったって聞いたから」

「でも、これ……こんな、もらえないですよっ」

「あのとき買い物の邪魔をしたのは俺だからね」

「でもでも、カフェで相席をして、それでごちそうになって、だから……」

今日はそのお返しにここへ来たのでは？　と言いそうになって、高瀬がクスクス笑うので言葉が止まった。

「愛花ちゃん、本当にかわいい。もっと君を知りたくなったよ。それに、君みたいな女性と出会ったのは初めてだ」

とびっきりの甘い笑顔で微笑まれた。

息ができないくらい胸がときめく。だがまだ高瀬のことをなにも知らない。いや、子供にやさしくて手品が上手くて、会社社長で女性の扱い方に慣れていて……言葉遊びが好き、と心の中で知った彼のことを並べた。

なにも知らないわけじゃない。

会う度にいろいろな彼を知っていく。――心地いいほどに。

「そんなこと言われると、恥ずかしいです。でも……」

ありがとうございます、と照れながらお礼を言うと、ちょうど料理が運ばれてきた。愛花を有頂天にさせる彼の言葉を反芻《はんすう》しながら、幸せな気分でランチを味わう。

そして高瀬が落ち着いた静かな声音で話し始めた。

「俺の周りには美人で自信家で、虚栄心の強い女性が多いんだよ。そういう人をたくさん見てきたから、愛花ちゃんを新鮮だと思うし、純粋な君にとても惹かれる」

「それって、私が地味で自信がなくて毛色の違うアヒルの子だから、って言われているように聞こえます」

「はは……これはまた、極端に話が飛んだな」

高瀬が目の前で声を上げて笑ったので、ハッとする。僻《ひが》みと嫉みが混ざったような言い方にすぐ後悔した。

「あ、すみません。……つい」

「別に謝ることじゃない。……まあ、毛色の違う、といえばそうかもしれないけど。見た目も性格も地味かと思えば、あんな大胆なランジェリーを手にしているから、そのギャップに惹かれた、というのが本当だな」

「変な奴って、思わなかったんですか？」

「思わないよ。君のことが気になって、つい声をかけた。店長には、愛花ちゃんが来たら教えて、って言っておいたんだ」

「えっ」

「そしたら毎日のように向かいのカフェから店内を窺《うかが》ってばかりで、店には入らないって聞かされて、おもしろい子だと思った。そしたらますます気になって、それでわざと混雑する時間帯にカフェへ出向いて、俺から相席をお願いしたんだ」

口に運んでいたパスタを持つフォークが止まった。みるみるうちに顔が赤くなり、偶然だ、運命だ、なんて思っていた自分が急に恥ずかしくなって下を向く。

「想像通りの反応だな」

「な、なにが……ですか」

「俺がこの話をしたら、君はきっと顔を真っ赤にさせて俯《うつむ》くだろうと思った。その通りの顔が見られた」

「でも、私の内面なんて分かるほど、高瀬さんとはお話ししてないと思いますけど……」

「そうでもないよ」

彼の言葉にきょとんとする。〝フラフィ〟で会ったときは愛花が逃げ出し、カフェで会ったときは舞い上がって高瀬の話に相槌を打つだけだった。それで自分の内面を知ったなんて、到底信じられない。

「見た目は地味なのに選ぶランジェリーはセンスがよくてエロティック。恋愛経験は少なくて、恋に恋するような女の子で、押されると弱い。ご両親は実直な方で君はきちんと育てられた。真面目で大人しい、だが冒険もしてみたい。扉を開く勇気がないだけで、実は磨けばキラキラ輝く原石だ」

そう言い切った高瀬は得意顔で、食事をしながら愛花は唖然《あぜん》とさせられる。たった数回会っただけで、こんなにまで言い当てられるとは思っていなかった。

「俺の見立てはこんな感じだけど、間違ってないと思うよ？」

「そんなの……自分で自分のことは、よく分からないです」

「そう？　じゃあこれから俺が教えてあげる。まずは、食事を味わおうか」

ニッコリ笑顔を浮かべた高瀬が食事の再開を促す。愛花はまるで夢の中にいるようだった。

ランチのあとはウィンドウショッピングに連れ出され、本当に楽しい時間を過ごした。洋服のセンスがないと言えば、彼がいろいろとアドバイスをくれる。

「愛花ちゃんは、どうしておしゃれに自信がないの？」

「かわいくしても、私を見てくれる人はいないから」

愛花がカジュアル系のお店のウィンドウ前で立ち止まって呟く。本当はそうじゃない。おしゃれに自信がないのではなく、自分自身に自信がないのだ。

だから洋服の下の見えないところでいろいろと冒険をして、自分だけで密かに楽しむ。露出度の高い派手な下着を地味で目立たない洋服で隠す。そんな癖が付いてからはますます普段着の地味さが増した。

「今は、俺が愛花ちゃんを見てる」

さらっと言ってのけた高瀬が、行こうか、と歩き出した。だが愛花はそれについて行けず、その場に立ち止まったままだ。

（高瀬さん、それってどういう意味なの？）

一緒にいるから恥ずかしい格好をするなと言いたいのか、それとも今は愛花を見ている人間がいる、と言いたいのか。聞けない疑問がグルグルと胸の中を駆け巡る。

鼓動がにわかに早くなり、首筋も頬も耳もまるで燃えているように熱を持った。そして気付けば高瀬の姿が人の波に紛れて消えている。

「あっ……たか、高瀬さん？」

慌てて辺りを見回す。一人きりになってしまった不安が急に押し寄せる。どうしよう……と、思って歩き始めたとき、脇から伸びた手が愛花の手をグッと摑《つか》んだ。

「愛花ちゃん、迷子になるよ」

「……っ、高瀬、さん」

「離れちゃだめだよ」

彼の顔を見てホッとしていると、高瀬が手を繋《つな》いだまま歩き出す。まるでデートみたいだと思った愛花は、あまりに意識しすぎて挙動不審になってしまった。

——次の休み、水族館へ行かない？　シーパラダイス、一回行ってみたかったんだ。

帰りの車内で高瀬にそう言われた。彼が水族館にいる想像がつかなくて、思わず言葉が詰まる。それが次のデートの約束なんだけど、と照れたような表情を浮かべた高瀬に、行きます、と愛花は破顔したのだった。

積極的で少し強引な高瀬に、愛花はどんどん惹かれている。初めに見せられたのが営業用スマイルだったとしても、気持ちは一途に高瀬へ向いていた。

価値観は違うと思うし、ものの見方だって愛花とは全く違った。けれどウィンドウショッピングのときに見せてくれた笑顔や、シーパラダイスでペンギンの仕草を笑い合った瞬間は嘘ではなかったと思っている。彼が楽しそうにしていると、愛花もうれしくなった。

淡くてやわらかい感情は、愛花にもはっきりと分かるほどの恋心だった。

第三章　すべてあなたが初めて

都内にある夜景の綺麗なレストランで、淡くやわらかなキャンドルの灯りが二人の顔を照らしていた。静かに語らうにはぴったりな雰囲気のある落ち着いた個室で、普段はあまり口にしない料理やワインを食べている。

このお店には何度か連れてきてもらったことがあった。初めは緊張していたけれど、個室にしてもらってからはかなりリラックスできるようになった。

高瀬と向かい合って食事をすることにもずいぶん慣れた。何度もデートに誘われて、けれどお互いの気持ちをきちんと確かめ合ってはいない。だから未だ高瀬との間に特別な名前はない。

——友達以上、恋人未満……だよね。

愛花は何度もそう自分に言い聞かせ、これ以上好きにならないようにと気持ちを押さえ続けていた。自分から告白をする勇気はない。彼の気持ちを確かめる勇気もない。

だが、デートのあと家でひとり眠りに落ちる前に思い浮かべるのは彼の笑顔で、また次の日も会いたいと思った。高瀬が自分と同じ気持ちならいいのに、と思わない日はなかった。

今もまたそんな風に考えていると、高瀬が突然切り出してくる。

「愛花ちゃん、俺と付き合ってるって意識はある？」

一瞬なにを言われたのか分からず混乱する。

目の前には文句の付けようがない男性が座っていて、まるで普段の会話のように自然な口調で聞かれ、その言葉は愛花をドキリとさせた。

「つき……あ？」

「ああ、やっぱり分かってなかったのか。こうして会うようになってもう何回目？　天然だなぁとは思ってたけど、俺、愛花のこと好きだから。大事にしたいと思ってる」

そうじゃないと何度もデートなんかしないよ、と付け加えた高瀬が、あの笑顔を見せてくれた。

今度は名前を呼び捨てにされて、好きだと言われた。感激した愛花は夢の中にいるようで、返事もできず涙をポロポロ零《こぼ》すだけだ。

「あ、あれ？　もしかして俺、振られてる？」

動揺した高瀬が席を立って隣へやってきた。愛花はなにも言えないで唇を噛《か》む。今なにか言えば、あふれる気持ちに押し流されて声を上げて泣いてしまいそうだった。

「俺のこと嫌い？」

愛花の傍で膝を突いた高瀬が、頬を伝う涙をやさしい指先が拭ってくれる。高瀬の問いかけに、ふるふる、と小刻みにかぶりを振った。涙がキラキラと光を反射させて飛び散る。

「そっか。よかった」

安堵の滲《にじ》んだ声のあと、初めてキスの味を教えられた。

やわらかな唇の感触と、微かに流れ込んでくる彼の吐息の熱さ。

少ししょっぱくて、けれど気持ちのいい痺《しび》れるような甘いキス。

このとき愛花は考えもしなかった。

初めての夜に、どれだけ淫らな体験をさせられるのか。

今まで知り得ないような、未知の快楽を味わわされるのか。

ただただ夢のような展開に酔っていた愛花には、とても想像できなかったのだった。


お互いの気持ちを通わせ合い、二人が『恋人』という名の関係になってから数日が経った。その日、愛花は都内のホテルの最上階スイートルームへ案内されていた。部屋へ入ると薔薇の香りが全身を包み、否応なしに緊張で鼓動は早鐘を打つ。

キスさえ経験のなかった愛花は妄想の中で恋愛をし、性欲はエロティックなランジェリーを身に着けて解消していた。こんな風にエスコートされて、誰かに身を預けて愛されることに不安は消え去らない。

「さあ、お姫様。今日は最高の夜にしよう」

高瀬の力強い腕が愛花の肩を抱き、歩調を合わせて歩きながらバルコニーへと繋がる窓辺まで連れて来られた。目の前に広がるのは、ため息さえも全て飲み込んでしまうくらいに美しい景色だ。しかし今は、肩を抱いている高瀬のせいで愛花の胸は高鳴り、張り裂けそうになっている。

(私……今日、尚樹さんに、抱かれるのかな。緊張して怖いけど……でも、尚樹さんなら、全部任せられる)

そこには今まで見たことのない眺望が広がっていた。黒いキャンバスに色とりどりの星が散らばっているようで、まさに宝石箱をひっくり返したみたいだった。

暗いガラスが鏡のようになり、夜景の中に二人の姿を閉じ込めたように映していた。

「あの、尚樹さん……。私、こういうの初めてで……」

「スイートは泊まったことがない？　結構広いんだけど、他も見て回る？」

彼に的外れな返答をされて愛花は困った。なにも答えず俯いていると、今度は背後から体を抱きしめられる。首筋に熱い吐息がかかり、濃密な空気が広がり始めた。

「冗談だよ。初めてって、もしかしてこういうのが？」

首筋に唇を押し当てられ、その熱さにビクンと体が強ばる。目の前には高瀬の腕に抱かれて惚けている自分の顔が映っていた。

首筋にキスをしながら愛花を見つめる彼と、ガラスの鏡越しに目が合う。

トクトク……と鼓動がにわかに早くなった。

「そう。初めて、だよ。だから、あの……っ」

「いいね、やさしくするよ。ああ……緊張してるんだな。心臓がすごく早い」

彼の手がデコルテの大きく開いた洋服の胸元へ滑り込んでくる。肌に触れられてくすぐったいような、それでいて心地いいような不思議な感覚が湧き上がった。男の人にこうして触られた経験のない愛花は、自分のどこがどんな風に感じるかを知らない。

「あっ……んっ」

こそばゆい感触に思わず声が漏れた。だが高瀬の手は止まらず、ガラス越しにこちらを見つめたままでさらに深く侵入してくる。胸元からランジェリーが見えたとき、高瀬の手が止まった。

「これ、着けて来てくれたのか？」

「……うん。尚樹さんに似合うって……言ってもらえたから」

「そう……うれしいよ。やっぱり思った通り愛花にぴったりだった」

高瀬が両方のカップを露出させる。背中のファスナーはいつの間にか外《はず》されていて、愛花の体を包んでいるワンピースが足元へストンと落ちた。一瞬で裸《はだか》を見られ、羞恥《しゅうち》で思わず目を閉じる。

「……っ、は、恥ずかしい」

「そうやって恥じらう感じもいいね。かわいいよ」

腰に触れた手がスルスルと上がってきて、ランジェリーの上から焦《じ》らすように胸を撫《な》でられた。彼の器用な指先が布の隙間に入り、肌を滑って先端へと辿り着く。敏感な部分を摘《つ》ままれると、反射的に高瀬の腕にしがみついてしまう。もう片方の手は丸みのある腰の稜線から下へ伸び、太腿を這《は》う。

乱れた声を聞かれるのはいたたまれない。けれど高瀬の手が動く度、吐息と共に自分でも驚くほど淫靡《いんび》な声がでてしまう。

（私……こんな声、出ちゃうんだ。どうしよう、変じゃない、かな……）

不安と緊張に包まれながら、高瀬にそれをゆっくり解《ほど》かれていくような感じだった。

「そう、緊張しないで、俺に全部、預けて」

「はぁ……あ、あぁ……」

首筋や項に繰り返される口付けと、ときどき耳朶を舐《な》められる感触に、全身が敏感に反応する。膝から力が抜けて一人で立っているのが難しくなり、その場に座り込んでしまいそうになったときだった。

「ベッドまで抱いていく。だから、もっとかわいい愛花を見せて欲しい」

あっさりと高瀬にお姫様抱っこをされた。体が密着する部分が熱くてクラクラする。至近距離にある高瀬の横顔にうっとりしながら、愛花は完全に夢心地だった。

(頭の中がふわふわする。尚樹さん、いい匂い)

彼の甘い香りに包まれるとさっきよりも鼓動が早くなり、耳孔の奥に自分の脈打つ音が響いた。

しっかりとした足取りで歩く高瀬に抱かれながら、くちゅっくちゅっ、と何度も口付けされる。彼のやわらかな前髪が揺れ、愛花の頬をサラサラと撫でた。

そっとベッドへ下ろされると、横になった愛花の上へ高瀬がゆっくり体を重ねてきた。衣擦《きぬず》れの音がやけにリアルで、彼が体重をかけるとベッドが沈む。否応なしに緊張が高まり、無意識にシーツを握りしめてしまった。

「尚樹さん……あの、やさしく……」

「分かってる。大丈夫。そんな不安そうな顔しなくていい」

ゆっくりと目を閉じると、瞼《まぶた》にキスが降ってくる。唇を開いて小さく喘《あえ》げば、ぬるりと舌が侵入してきた。粘膜が触れ合い、ちゅく……と唾液《だえき》の絡む音を聞いているうちに、気持ちよくて頭がぼんやりしてくる。やさしくすると言った高瀬だったが、すぐさま咥内《こうない》で彼の舌が暴れ回り、嵐のような動きに翻弄《ほんろう》された。

「んぅ、ん、んんっ」

同時に大きな手が膝頭から内腿を這い上がり、ランジェリーの下へ侵入してくる。けれどすぐにその手は出ていき、焦らすようにして愛花の体に火を点けていく。

（心臓が……破裂しそう）

ドクドクと激しい心音が体の中を駆け巡る。高瀬に合わせるようにして愛花も舌を差し出すと、絡め取られ貪《むさぼ》られた。蕩《とろ》けるような口付けの心地よさに溺《おぼ》れていく。

巧みな舌の動きに陶酔し、気持ちがよくてキスをやめられない。やめて欲しくないと思っていた。

初めてでどうしていいか分からなかったが、彼にリードされていくうちに自分を解放しているような気分になっている。

「愛花……好きだよ。ねえ、俺を好きだと言って」

高瀬の唇が触れたままで、ささやくようにそう言われると熱い吐息がかかる。ジンジンと歯がゆいような甘い刺激に、愛花の下腹部はきゅんと締め付けられるようだった。

「好き……尚樹さん、好き、好き」

うわごとのように繰り返しながら、愛花は彼の背中に腕を回したのだった。


ベッドの上で、愛花は一糸纏《いっしまと》わぬ姿で横になっている。しっとりと汗ばんだ肌は薄桃《うすもも》色に染め上げられ、高瀬に愛撫された場所は全て官能の刺激で変えられてしまった。

「あ……っ、ん、や……っ」

「いやじゃないだろう？　ここも、硬くなって勃ってる」

愛花と同じように汗で濡《ぬ》れた高瀬の額には、いつもはサラサラと流れる髪がいく筋か張り付いていた。彼の指先が愛花の先端に触れ、摘まんで引っ張ってくる。もう片方は口の中で温められ、舌先でピンと弾かれた。

「は、やぁ、ん……も、もう……そんなにしないで……」

「こうされるのはいやなのかな？　でも体はそう言ってないみたいだ。だって、ここを弄《いじ》るとほら……愛花の体は過敏に反応するだろう？　それに、腰を押し付けて来てるのは君だよ？」

「嘘……そんな、そんなことしてな……」

「嘘じゃない」

再び乳首を吸い上げられると、ピリッとした電気が走り、それがやがて快感に変わると、それが腰の辺りで行き場をなくして溜まる。もどかしくなって愛花は高瀬の腰に自分を押し当ててしまった。

「く……んっ、ぁ、んっ」

「ほらね」

腰骨に触れるのは彼の硬くて熱い欲望だった。あれほど緊張して怖いと思っていたものだったのに、今は触れても平気だ。下生えに素肌をくすぐられながら、自分の陰部が湿っているのを感じる。

「ここは……胸よりやさしくしないとだめだな」

高瀬がベッドに手を突いて体を起こす。薄明かりの中で全身を観察されるのが気恥ずかしくて、愛花は思わず膝を立てた。だが緩やかに開かされて秘部を凝視される。

「尚樹さん、だめ……見ないで」

どうしようもなくなって、愛花は両手で顔を覆った。

しかしすぐに両手を顔から外すことになった。高瀬の手が膝裏に差し込まれ、まるで赤ん坊のように腰を持ち上げられたのだ。

「やっ、やだっ……こんな格好……っ」

驚いた愛花は慌てて高瀬へ向かって両手を伸ばし、やめて、と抵抗する。

「それは無理なリクエストだな。だってちゃんと見ながらしないと、分からないだろう？」

「わ、分からないって、なにが……」

「愛花はどこが気持ちいいのか、ってことだよ」

大きく脚を開いた状態で、腰を高瀬の太腿の上に乗せられる。いくら薄明かりの中とはいえ、至近距離で見られるのは死ぬほど恥ずかしい。ひっと、声にならない声を上げ、それを聞かれまいと両手で口を押さえ堰止めた。しかし、彼の指が太腿の付け根から内側へ入り陰唇《いんしん》をグイッと開くと、反射的に両手でシーツを握り締めてしまい、我慢できずに喘いでしまう。

「ひぃっ、うっ……あっ、あぁっ！」

秘裂が、ねちゃ……と淫靡な音をたてた。濡れているのは自分で分かる。それを拡げて見られ、誘うように腰が動いてしまった。

「どうした？　すごく濡れてる。俺は誘惑されてるのかな？」

「やだ……そんなの、してな……」

「かわいいな」

昂奮の混じった高瀬の声と共に、グイッと秘芽を包む皮を捲《まく》られ、敏感な部分に触れられた。

「あっ！　そこ……っ！　やんっ！　あぁぁっ、んっ！」

何度も何度も、愛蜜を塗り込めるような動きで触《さわ》られると、ビリッビリッと鋭い刺激が背筋を駆け抜け、その度に腰が浮き上がる。強すぎるそれに艶声《つやごえ》が抑えられなかったが、気持ちがよくてやめて欲しくない。

恥ずかしいのに、もっともっと、と体が求めていて、体の奥から際限なく欲望が湧き上がった。

「ここがいいのかな。すごくあふれてきてる」

「んっ、んっ、あぁっ！　すご……それ、なに、すごい……あぁぁっ！」

（自分でする何倍も気持ちよくて、たまらない。ずっとしてて欲しい。ああ、どうしよう……もう、どうしようっ）

頭の中がパニックだった。見られている羞恥も吹っ飛んでしまい、あまりに激しい快感に体がどうにかなってしまいそうだ。

「悦《よ》さそうだな」

うっとりとした表情で高瀬の声を聞きながら、愛花は瞼を開いた。熱に滲んだように視界がボンヤリとする。はぁ、はぁ、と自分の荒い呼吸音だけが聞こえて、彼の問いかけに答えられない。すると今度はその指が秘裂を行き来し始めた。

「次はこっちだ」

「ふ、ぁ……そこ……やぁ、あぁ……」

高瀬の指に愛花の愛液が纏わり付いているのか、卑猥《ひわい》で恥ずかしい音がずっと聞こえている。鼓動がドクドクと早くなり体は燃えてしまいそうに熱い。そして彼の指が柔穴を探りゆっくりと探り侵入してくる。

「ここ、痛くない？」

「ひっ！　あぁっ！　あぁぁ……はぁ、はぁ……ん」

ぬるりと入ってくる感覚に全身がざわめく。けれど痛くはない。それを伝えたいのに、なにも言えなくてただシーツを握りしめて目を閉じていた。

「愛花の中は熱いね。初めてだから、少し馴染ませてからの方がいいか？」

そう言った高瀬が、中に入れた指で肉壁を探るようにして動かし始めた。ゆっくりした動作でお腹側の壁面を撫でられると、じんわりと気持ちよさが広がった。

「あ……ぅ、そこ……あぁ、あんっ……なに、あっ、あっ、そこぉ……」

「ここ？　ここがいいのか？　ザラザラしてるここ、愛花の気持ちいい場所だ」

愛花の反応を見ていた彼が、同じ場所を何度も指先で引っ掻き始めた。中がおかしなほど気持ちよくて、猥《みだ》りがましく腰を回してしまう。そして押さえようにも声が止まらなくなる。

「あ、あぁ、もっと……きもちい、いぃ……あっ、あぁぁっ、いいっ！」

初めてなのにどうしてこんなに悦いのか分からなかった。セックスはもっと痛いものだと思っていたし、男の人は自分本位で乱暴なものかもしれないと思っていた。

なのに高瀬はその想像をあっさりと裏切って、焦れったいほどやさしく、泣きたくなるくらい濃密で、愛花は淫らに作り変えられていく。

あれほど緊張して不安だったのに、今は恥ずかしい言葉すら口にしている。

（私……どうしちゃったんだろう。気持ちいいだなんて、言っちゃってる。でも、すごくいい。気持ちよくて死んじゃいそう）

快楽がスノードームを舞う雪のように降り積もり、もどかしく出口を求めて疼き始めた。中と同時に秘芽を指の腹で擦られると、二種類の快楽が愛花をおかしくさせる。

「あぁ、あぁっ、あああっ、な、尚樹さん……やっ……やっ、だめ、ああっ！」

なにかを吐き出したいのに、それを押しとどめる理性がまだ薄く残っている。それを越えられなくて辛くなり、愛花はうっすらと涙を浮かべた。

「泣くほどいいのか？　それじゃあ、最後は一緒に……」

愛花の中で動いていた彼の指がにゅるんと引き抜かれる。さっきまでの快楽が嘘のように去って行き、あとに残ったのはジンジンと疼く肉壁だった。

高瀬が下半身を近づけてくる。愛花の秘部を見つめながら、自分の凶器をグッと押し下げていた。どのタイミングで避妊具を着けたのか、つるりとした感触の熱塊《ねっかい》が、ヒタ……と濡れた秘裂に触れる。

「これを中に挿れるよ」

「うん……」

間近になって怖くなる。シーツをぎゅっと握りしめ、どんな痛みがやってくるのか、と待ち構えた。

高瀬の熱い凶器が蜜口をゆっくりと押し拡げ始める。指の太さとは比べものにならない大きさだった。柔穴が彼の形に変わり、肉壁が引き攣《つ》れるような刺激に腰がガクガクした。

「あぁ、あ、熱い、それ……あぁぁ、拡がってる。……入る、あぁ……」

「痛くない？　もう少しで太い部分が入るから、いい？」

彼がさらに腰を進めてきて、下腹部が熱く重くなるのが分かる。硬い楔《くさび》の存在感に打ち震え、媚肉は彼に沿って形を変えながら包み込んでいく。そして愛花の中を徐々に満たしていき、ズズ……と動くたびに、艶のある声が漏れた。

「いいね。さっきの気持ちがいい場所に当たった？　ほら、全部、俺のを根元まで咥《くわ》えてくる。痛くないな？」

「はぁ、あ……痛くない。平気。それに、とても……熱い」

ピッタリと下半身を重ね合った状態で、高瀬が愛花の上へ被さってくる。しっとりとした互いの肌が触れ合い、彼の色っぽい顔が近づいた。

「しばらくこのまま？　それとも、もっと気持ちよくなる？」

「キス、しながら……が、いい……」

見つめられ、愛花は照れながらそう告げる。いいよ、と吐息混じりの返答のあと、唇が重なり甘く噛まれ、今度は舌を絡ませ唾液を混ぜ合う。

愛花の中で彼がビクビクと動いているのが分かった。同じように高瀬を締め付けている隘路も蠢《うごめ》いていて、愛花の腰が自然と動き出す。

それを察したのか、高瀬は肉筒に収まっている屹立《きつりつ》をゆっくりと引き抜いていく。

「んっ、あっ！」

張り出した亀頭が細かな肉襞《にくひだ》を擦ると、さっきとは違う快楽が広がり始める。

「ふぁ、あ、ああっ、んっ、や……それ、すご、い……」

「いいな、その気持ちよさそうな顔」

目の前で感じている顔を見られている。

彼の抽挿《ちゅうそう》は徐々に早くなり、その同じリズムで鼻にかかるような甘い声が漏れた。

「んっ、んぁっ、ああっ、あああぁっ、あ、あ、いっ、あぁっ、なにか、出そう……っ、んんっ！」

「我慢しなくていい。もっとエッチな愛花を、見せて。好きなように感じて」

高瀬がそう言うと、最奥を突き上げるように動きが激しくなった。じゅぶじゅぶ、と卑《ひ》猥《わい》な音が響いているが、愛花はそれを恥ずかしいと思う暇もない。

我を忘れて悶《もだ》えてしまう激しい愉悦が全身を包み、肉壁がぎゅうぎゅうと高瀬の男根を食んだ。今まで誰にも、自分でも触れたことのない場所を弄《いじ》られ、激流のようになにかが体の中を駆け巡る。そしてそれはあっという間に体の深部へ染みこんでいく気がした。

「はあぁ、あ、尚樹さん、あぁぁ……尚樹さん……っ。もう、あぁぁっ……！」

下腹部で盛り上がる官能の風船が何度も膨らんでは弾けた。全身に甘くてトロトロした温かなチョコレートが纏わり付くような気持ちよさに、愛花の理性はみるみる霧散する。

キスしながらがいい、と言ったのは愛花なのに、迫り上がってくる情欲に唇を解いていやらしく喘《あえ》ぎ艶声《つやごえ》を漏らしてしまう。

「ここ、ここがいいんだな？　もう少し、激しく突いていい？」

そう問われても愛花は返事ができない。ベッドに手を突いて体を起こした高瀬が、腰を打ち付けるようにして肉塊《にくかい》で何度も抉《えぐ》ってくる。深く奥まで、その先にある子宮の入り口に亀頭を押し込むように。

その激しさは留まるところを知らず、ひっきりなしに卑猥な声を引きずり出した。

「ひぁっ！　あぁあ、やぁ！　あんっ！　あっ、あっ、激し……あっ！　あぁぁ、ああっ！」

背中を仰け反らせ、体がピンと張って硬直した。腰を高瀬に押し付け、愛花は悲鳴にも似たような声を上げる。

脳芯が蕩けるような快感が背中を這い上がり恍惚とする。体がビクビクと不規則に痙攣《けいれん》し、濡れた肉腔《にくこう》は脈打つ肉塊をきつく締め上げた。あまりに気持ちがよすぎて息をするのも忘れ、瞼の裏が熱くて自然と涙が滲んでくる。愛花の心臓は激しく鼓動し、破裂するのでは、と心配になるくらいだった。

「愛花……すごいよ、ああ、締まる」

激しく動いていた高瀬が一番深い場所で動きを止めた。びゅくびゅく……と中に出される感覚に、愛花は法悦《ほうえつ》の頂《いただき》へ連れて行かれる。

「はぁ、はぁ……ああ……尚樹さん……熱い、中が、熱いよ」

「そうか。愛花は……よかったみたいだな」

まだ下腹部に凶器を食《は》んだまま、彼が再びそっと体を横たえてきた。その重さが心地よく、お互いに呼吸を弾ませたまま唇を重ねる。

初めてのセックスがこんなに気持ちがいいのは、もしかしたら相性がいいからなのだろうかと考える。これが毎回続くとしたら、きっと愛花は高瀬という媚薬から離れられなくなってしまうだろう。

見つめ合い、言葉はなくても気持ちは通じてるようだった。

（こんなにいいの？　私、もう死んじゃいそう）

ぐったりとした高瀬の体を受け止めながら、愛花はその広い背中へ腕を回す。肩口に彼の頭の重みを感じつつ湿った額へ唇を押し付けると、お返しとばかりに高瀬が首筋にキスをしてきた。

「初めての感想は？」

彼のそんな質問に頬を熱くする。

今さら照れるなんてどうかと思ったが、すごかった、と言おうとした唇を彼に再び塞《ふさ》がれたのだった。

第四章　秘密の逢瀬

愛花は高瀬との出会いから今までのことを思い出していた。

まさか高瀬に口説かれている間に、自分の勤めている会社が立ちゆかなくなり倒産寸前になるとは想像もしなかったが、さらにソレイユが買収するなどもっと考えられなかった。

高瀬が社長を務める会社で仕事をするようになって、社内ルールに「社内恋愛禁止」なんてものがあると教えられたのは、ソレイユで仕事をすると決まってすぐだ。

――愛花、俺の会社では社内恋愛は禁止なんだ。それが社長だろうが関係ない。だから社内では恋人として振る舞えないと思う。分かってくれるか？

そう言われて呆気《あっけ》に取られたのは記憶に新しい。

彼からそれを告げられたとき、高瀬とは付き合って半年だった。頷きはしたものの、分かってはいても社内で目が合っても逸《そ》らされるのは辛くて、トイレでこっそり泣いたことだってある。

けれどその分、彼と二人で過ごす時間はまるで寂しさの埋め合わせでもするようにベタベタに愛されて、今では「秘密の関係も悪くないかも」とすら思うようになった。

そうして付き合い始めて約一年半、数え切れないほどデートを重ね、愛花は今でも高瀬に夢中だ。

（あんなにすごい体験は初めてだったなぁ。それから何度も、尚樹さんに抱かれて……）

初体験の夜に泊まったスイートルームで彼に未知の悦楽を植え付けられ、今まで自分がまるっきり子供だったのだと教えられた。

あの野性味あふれる彼とのセックスを思い出すと、自然に体が熱くなる。官能が下腹部に溜まってくるのを感じ、もじもじと膝頭を摺《す》り合わせた。

「……っ」

足を組み直すとパールが肉芽に当たり、微弱な電流が背筋を這う。奥歯をグッと嚙《か》みしめて静かにそれを受け止める。愛花は真剣な顔で会議をしている高瀬を熱っぽい瞳で見つめながら、彼との激しい蜜愛の夜を思い浮かべていた。

「社長、うちになにしに来たのかな？　あんな場所で滅多に会議なんてしないもんね」

菜奈がパソコンに向かったまま愛花に声をかけてくる。指先は軽快にキーボードを叩いているが、視線はときどき会議スペースの様子を窺《うかが》っていた。

「緊急のなにかがあったのかもしれないね」

会社内で高瀬とあまり顔を合わすことはない。忙しい人だから、社にいない方が多いらしい。プライベートで会うときは仕事の話は聞かないし、社長業がどんな仕事なのかは愛花に想像も付かなかった。

「にしたって、今日は眼福だわね」

相変わらず口元を緩めている菜奈だが、それでもタイピングの指は休めない。社内で顔が見られて、愛花も少なからずうれしくて気分はよかった。

そうしているうちに会議は終わってしまい、颯真と課長が席に戻ってくる。高瀬も愛花のいる部署から出て行ってしまった。ここにいるのを知っているはずなのに、チラリとも視線をくれなくて少し寂しい。

（ちょっとくらい、こっちを見てくれたっていいのにな）

心の中で地味に落ち込んでしまった。社内恋愛禁止だからといって、そんなに徹底しなくてもいいのに、と子供じみた考えが頭をよぎる。

「小牧さん、高瀬社長から話があるって言うから、すぐ第一会議室に行ってくれる？」

「え？」

隣に戻ってきた颯真がそんな風に言ってくるものだから、驚いたまま愛花は固まった。ごく普通の業務連絡なはずだが、高瀬が呼んでいると言われただけで無駄に心臓はバクバクする。おまけに隣の席に座る菜奈の視線が凶器のように頬へ突き刺さった。

「あの、あの……私、なにか失敗しましたか？　えっと……その、どうして社長が？」

「ああ、別に説教とかそういうのじゃないみたいだよ。なんか……小牧さんの意見を聞きたいからって言ってたけど……どうしてだろう。詳しくは僕も分からないんだ。ごめんね」

颯真も詳細は聞かされていないらしく、状況を飲み込めていないようだ。

「わ、私の……意見、ですか？」

「どういう類《たぐ》いの意見なのか、その辺は社長に直接聞いてもらえる？　ああ、もしかしたら新しいプロジェクトを立ち上げるから、その件が関係してるのかもしれないな」

「あ、はい……」

（新しいプロジェクト？　それと私が関係あるのかな？）

愛花は立ち上がり菜奈の方へと目をやった。彼女は両手で口を押さえ、今にも転がり落ちそうなほど目を見開いて固まっている。もちろん愛花だって驚いている。当たり前だ。今までこんなことは一度としてなかったのだ。

（尚樹さん……一体どうしたんだろう。本当に意見が聞きたいだけ？　でもどうして私なんだろう。会社で一番接点がない私なんて呼び出したら、変な噂《うわさ》になりかねないよ）

そんな不安が愛花の頭の中を駆け巡った。

菜奈に目配せをしてから立ち上がり、フロアを横切った愛花は廊下に出てエレベーターで上階へと向かう。会議室のあるフロアは愛花のいる場所から二つ上だ。

緊張で心臓が張り裂けそうになる。相手が社長であるからなのか、それとも社内恋愛禁止の会社で彼氏に会うことに緊張しているからなのか分からない。

（なんだかもう頭がパニックだよ）

そうしている間に、とうとう第一会議室の前までやって来た。他の部屋からは人の声はせず、どうやら今日のこの時間は会議室を使っている社員はいないらしい。シン……と静まりかえったフロアがさらに愛花を緊張させた。

扉をノックし、部屋の中から「どうぞ」という高瀬の声を聞いた愛花は、ゆっくりとドアを開ける。

円卓テーブルの周りには等間隔に並んだ黒革の椅子が目に入った。普通の会議室と違って、少し値の張る大きな椅子が用意されている。どうやらこの部屋は主に役員クラスの人が使う会議室らしい。

大きな窓にかかっているブラインドは一部分だけが引き上げられていて、強い自然光を背にした高瀬のシルエットが見えた。

「あの、しゃ……社長。私にお話があると聞いたのですが……」

「あるよ」

プライベートで話すときとはまた違って、会社で耳にする高瀬の声は少し固かった。そして気付いたのは、どんなときもピッタリ付いて離れない衛本の姿が見当たらないことだ。

（あれ？　衛本さんがいない）

いつも二人セットだと思っていたので不思議に思っていると、窓際にいた高瀬が二、三歩近づいて止まった。

「愛花、こっちへおいで」

高瀬の心地いいやわらかな声に思わずドキッとしてしまう。

彼はいつもきっちり締めているネクタイのノットに指を入れ、左右に揺らしながら緩め始めた。首元のボタンも幾つか外し、色っぽい喉《のど》を見せつけられる。

その仕草にドキドキしながらも、愛花は言われた通り彼の傍まで近づく。するとなにも言わずにぎゅっと抱きしめられた。

「あの……尚樹さん？」

さっきはちゃんと社長、と言えていたのに、高瀬がいつものように名前で呼ぶものだから、思わず自分も下の名前で問いかけていた。

彼の腕が愛花の腰の括《くび》れを摑《つか》むと同時に、ふわっと体が浮き上がった。

「ひゃっ！」

驚いてバランスを崩しそうになったが、そっと円卓テーブルに座らされた。いつもは見上げる彼の顔が、今は愛花の目の高さにある。

一体どうしたのだろう、と不思議に思いその表情から感情を読み取ろうとしても、無言で見つめたままの瞳からは窺い知ることができない。ただ愛しげにこちらを見つめながら、彼の手が洋服の上から腰を撫で下ろし太腿に触れてきた。

「あ……」

「君が悪いからね」

「なに、なにが……？　どうしたの？　尚樹さ……んっ……んんっ」

近づいてきた高瀬から逃げられなかった。唇を奪われ、すぐに口腔へ忍んできた熱の塊《かたまり》に舌が絡め取られていく。彼の体重がかかってテーブルがギシッと音を立てた。

「んんっ、……はっ……んっ」

角度を変えるために少し離れた唇の隙間から、艶めかしい吐息が漏れた。会社の会議室での禁忌にたまらなく高揚する。愛花の下唇を高瀬が甘噛み、少し離れてまた舌が入って来た。くちゅ……と唾液《だえき》の絡む音に背筋がゾクッと震え、淫靡な電気が駆け抜ける。

「尚樹さん……どうして、こんなことをするの？」

目の前にある端整な顔立ちの高瀬を見つめながら、愛花の瞳には官能の火が灯る。彼の目の中に自分が映っているのが見えて、ドクドクと鼓動が早鐘を打った。

「さっき、俺が会議していたのを見ていただろう？　何度も何度も、俺の方を気にしていた。そのときの愛花は、こうして欲しいって言ってるように思えたから」

「で、でも……っ、ここは会社だし、他の人にバレたら……」

「大丈夫。この時間は誰もいないよ」

再び高瀬がキスをしてくる。さっきよりも激しく、愛花を食べてしまいそうなほど荒々しい。

「んっ……ン、んんっ」

彼がなにをしたいかすぐに分かった。太腿を撫でていた手がゆっくりとタイトスカートを捲《まく》り上げ始めたからだ。

（ここでするの⁉）

目を閉じてキスをしていた愛花は驚いて見開き、高瀬の肩を押しのけるようにして抵抗して見せた。高瀬の唇との間にいやらしく銀糸が伸びる。

「なに？　ここだといや？」

「だ、だって……」

「だってなに？　仕事中にあんな誘うような視線を送っておいて、俺に我慢しろって言うのか？　会社で愛花と滅多に顔を合わせないのは偶然だとでも思った？」

高瀬が少し呆《あき》れたように口元を緩ませて微笑《ほほえ》んでいる。なにを言ってるのか分からずにきょとんと首を傾げると、人の苦労も知らないで、と彼は口の中で呟いた。

「どういう……こと？」

「会社で愛花の顔を見てしまったら、俺が我慢できなくなるから、会わないようにしてたんだよ。でも今日は緊急で仕方なくあのフロアへ行ったけど。そしたら案の定、俺のこれはこうなった」

愛花の足を持ち上げ、高瀬が自然な仕草でパンプスを脱がせた。そしてストッキングに包まれた足の裏を、自らの股間へ押し当てる。

「あっ……」

そこは硬く熱を持ち、スラックスの布をグッと持ち上げていた。足の裏から伝わってくるその熱と硬さに、愛花の肉腔の奥が疼くのを感じる。

彼の涼しげな表情からは予想もつかないくらい昂ぶったその股間は、まるで別の生き物が蠢《うごめ》いているようだった。

「これ……このままじゃ仕事にならないんだよ。全部、愛花のせいだから」

そう言うなり、高瀬の手がスカートを捲り、太腿を露出させてくる。他人には見せられない場所を凝視され、愛花は羞恥《しゅうち》で死にそうだ。

高瀬の下半身事情が自分のせいだなんてそんなのおかしい、と言いたかったが、それをグッと飲み込む。

確かにあのとき、会議をしている高瀬を見ながら、エッチな気持ちにならなかったといえば嘘だからだ。

(どうして私の考えてたことが分かったんだろう)

真面目そうな顔で会議をしていた彼の下半身が、自分の視線だけで硬くなったのだと思うと、たまらなく淫らな欲望が体中を駆け巡る。

「やっ……尚樹さん、見ないで……っ」

「愛花、会社にこんなもの着けてきてるのか？　真面目な制服の下に。エッチにもほどがあるだろう？」

ガーターベルトで止められたストッキングと素肌の境目を、色っぽく誘うような動きで撫でられる。これを見られるだけならまだいいが、あのランジェリーを見られるのはどうしても恥ずかしかった。

(どうしよう。会社にこんなのを履いてきてるって知ったら……尚樹さんどう思うだろう)

必死に太腿を閉じ震えながら抵抗をしていたが、彼の腕力に叶うはずがない。膝頭を掴まれてテーブルの上へ両足を上げられる。そしてそのままグイッと左右に開かれた。

「ひゃっ……！」

濡れた秘裂をパールがいやらしく擦って甘い刺激を生み、思わず声が漏れた。

タイトスカートは太腿の付け根へ滑り上がる。体が後ろへ倒れそうになり、反射的に両手を突いて支えた。

「あっ……んっ」

「ん？　これはなに？　こんな格好で一日ずっといたのか？　この真ん中にあるのは？」

秘裂にピッタリと張り付くように連なっているパールを、高瀬の指が興味深げにゆっくりとなぞる。それが秘芽に押しあてられ、ジンと疼きが増す。そして、周囲からあふれる愛液で彼の指が濡らされていくのが分かった。

「すごく濡れてる。このパールのせいだな？　会社にこんなものを着てくるなんて、愛花はエッチな子だ。俺にこうされなかったら、どう処理するつもりだった？」

「あ、あの……私、別に、なにも……」

テーブルに座った状態で大きく足を開かされ、その間を高瀬に覗《のぞ》き込まれている。それだけで秘所から愛液がじゅわん……とあふれるのが分かった。疼くような感覚に肉腔がヒクつき、自分のいる場所が会社だというのも頭から吹っ飛んでいる。

「なにも？　こんなランジェリーをどこで買った？　俺の会社じゃこんなのは作ってないよな？　気になるから少し見せてもらうよ。ほら、お尻を上げてみて？」

スカートを押さえているお尻を上げると、スルッと布を引っ張り上げられた。尻肌が直接テーブルに触れ、ヒヤリとした感触に体が強《こわ》ばる。

そうして再び秘所を覗き込まれると、彼はパールの根元やオープンクロッチの間へ指を入れてきた。

「あぁっ……や、……っ、んんっ、やだ、尚樹さん……やぁ……」

意味深に何度も秘裂を往復し、にちゃにちゃ……と卑猥な音を会議室に響かせる。体の芯が熱くなり、首も耳も頬も火照ってたまらない。

「そんなエッチな声を出すなんて、俺を煽《あお》ってるのか？　俺は他社製品の研究のためにやっているんだぞ？　なのにこんなに濡らしてたらだめだろう。いけない子だ。お仕置きが必要か？」

高瀬がニヤリと笑わ、その手が愛花の制服のベストへと伸びる。秘裂を弄《いじ》りながら、もう片方の手で器用にボタンを外し、さらにその下のブラウスのボタンまで外していった。

「抵抗はしないのか？　会社ではしたくなかったんじゃなかった？」

「で、でも……誰も来ないって、尚樹さんが、言ったもん」

途中までは抵抗をしたものの、キスをされて太腿を撫でられた辺りから高瀬に教えられた官能が蘇《よみがえ》り、自ら脚を開いてしまった。

「ああ、来ないよ。だからそこで横になって、膝《ひざ》を自分で持って開いてみようか」

「あ……でも、あ、あぁ……こ、こう……?」

言われた通り膝を摑んでゆっくりと開く。いやらしいポーズを指示されたことで、蜜口からトロリとラブジュースがあふれ、脚は小刻みに震えた。

「いい子だな。よく見える。もう少しお尻を上げて……。ああ、そう。いいね。今のでパールが少し食い込んだ?　さっきより濡れて……垂れてきてる」

「あぁ……尚樹さん……お願い……お願いだから、……して」

頬をピンクに染めながら、愛花は潤《うる》んだ瞳で高瀬を見つめた。隘路がビクビクしているのが分かる。ヒクリと蠢《うごめ》けば蜜口が震える度にパールの粒が張り付き、もっと強い刺激を求めていた。

「なにをして欲しい?　会社の会議室でいやらしいランジェリーを身に着けて、大股広げて……。ここから垂れた蜜でパールを光らせて、甘い匂いをプンプンさせてる。エッチな愛花はなにをして欲しい?」

激しく欲情した高瀬の瞳が愛花を見つめている。彼の指先が首筋に触れ、そのままゆっくりと汗ばんだ肌を滑り下りていく。鎖骨の溝をなぞり、中途半端に開いたブラウスの隙間から覗く乳丘に辿《たど》り着いた。

「あ、あぁ……もっと、……して、欲しい」

「ちゃんと言って？」

両目を細めて、彼は射貫くような鋭い視線で愛花を見ながら、ニヤリと口元に笑みを浮かべた。

（ああ……どうしよう。でも、もっと強く、して欲しい。でも……）

中途半端に開いた口から言葉を発することは適わず、パクパクと動いた。なにも言えずにいると、高瀬の指先がまた一つブラウスのボタンを外す。ブラジャーで寄せられた胸の谷間に人差し指を突っ込まれる。そのまま素肌と布の間を滑る彼の指は、先端に辿り着いた。

「あっ！　……んんっ！」

ビクン、と体が過剰に反応して背中が仰け反った。触れられていなかったのに乳首が硬くなっている。それを知られて頬が熱くなる。けれどその指先が硬くなった乳首を何度も往復するから、羞恥心も甘美な刺激ですぐに吹き飛んでしまう。

「あんっ……あっ、な、尚樹さん……キスも、して」

瞳を覗き込み愛花の反応を楽しみながら、卑猥に指を動かしていた彼の激しく情熱的な目がスッと細められた。高瀬の隆起《りゅうき》した喉元がゴクリと上下に動き、悩ましげに自らの唇を舐める。

「愛花……」

テーブルへ寝そべっている愛花に覆い被さるようにして、高瀬が食らい付くような激しい口付けをしてくる。ブラジャーのフロントホックを外されると、ふるんと乳丘が外気に晒《さら》されたのが分かった。温かく湿った手の平に包まれたかと思うと、今度はグッと摑むように揉《も》まれる。

「んっ、んっ、んんっ、あっ……気持ちいい……尚樹さん……尚樹さん」

喘ぎ混じりに彼の名を呼べば、もうしゃべるな、と耳朶《じだ》を口に含まれ、耳翼《じよく》を舌先で舐められた。首筋や鎖骨に軽く歯を立てられながら、会議室に響く自分の声にすら感じている。

「仕事中だから、これ以上、時間はかけられないな」

愛花の胸の谷間に顔を埋めた高瀬が、ゆっくりと体を起こした。スラックスのフロントを寛《くつろ》がせ、硬くなった性器を露出させる。

「じゃあ、愛花が自分で拡げて、俺を誘って見せて？　できるよな？　物欲しそうにヒクついて濡らしているんだから」

さっきは脚を開くのも躊躇《ためら》われたが、今度は言われた通り自ら陰唇を指先で左右に拡げて見せる。蜜口《みつぐち》の奥まで覗き見られそうで、けれどそんな羞恥に耐えるのはもどかしい疼きを散らせて欲しいからだ。

露出している内腿を両手で撫でられる。ビク、ビク、と愛花の腰が跳ねた。

ランジェリーの上から男根を擦り付けられ、パールが秘裂に食い込んでさらに愛蜜をあふれさせる。

「ああっ、もう、早くそれ、挿れて……尚樹さん」

「なにを挿れるんだ？」

「その……熱くて硬い……それ、尚樹さんが欲しい」

呼吸を荒くしながら喘ぐように言うと、頭を持ち上げ潤んだ瞳で高瀬を見る。

「口でしてもらおうと思ってたけど、愛花がこんなエッチなランジェリーを着けてくるから止まらなくなったんだ。それに、俺のはもう待ちきれない」

屹立《きつりつ》の先端を秘裂に当てたまま、高瀬が自分の性器を扱《しご》いている。そして熱い剛直が愛花のパールラインの脇をなぞり始め、オープンクロッチの隙間から、亀頭が陰唇を掻き分け柔穴を弄《いじ》り回す。その場所を往復されると、腰の奥がざわつく。秘裂からはさらに淫蜜があふれ出し、淫らで粘着質な水音が聞こえた。

「ひぁ、あ、もうだめ、あぁん……尚樹、さ、ん……っ」

高瀬の名を呼べば、ググッと蜜口を押し拡げるようにして剛直が押し入ってくる。

「くっ……ぁ、すごいな。中が……っ」

「や、んっ……あ、あぁ、入って……入ってくる。尚樹さんの……大っきいのが……っ！」

自分の淫靡な声に恥ずかしさが愛花を埋め尽くす。その間に高瀬の熱塊が隘路を進み、細かな襞《ひだ》が彼の肉欲を余すところなく包み込んだ。下腹部でドクドクと脈打つ肉茎を感じ滾《たぎ》る衝動に目眩《めまい》を覚える。

「全部入った。苦しくないか？」

「平気。……大丈夫。お願い、動いて……。もう我慢できない。突いて、欲しい。奥まで、強く……」

欲しいままを口にすれば、愛花の胸を鷲掴んで激しく揉んでくる。彼の荒い息づかいが聞こえ、項にその吐息がかかった。肉腔をいっぱいにしている剛直がさらに膨らんだかと思うと、ゆっくりと襞を捲り上げるようにして引き抜かれていく。

「愛花……っ」

名前を呼ばれ、今度は力強く奥まで突き上げられる。すると全身に狂おしいような疾風が駆け巡り、強い快感に全身が戦《わなな》いた。

「あっ、あ、あ、あぁぁっ！」

高瀬が腰を動かし抽挿《ちゅうそう》を始めると、接合部分から、じゅぶ、じゅぶ……と淫音が聞こえた。張り出した亀頭が細かな肉壁を擦り、そして強く挿入されて奥をズンと突かれる。僅かに疼痛《とうつう》を感じつつも、それは次第に快感へとすり替わった。

広い背中へ腕を回し、高瀬に酔わされながら忙しなく撫で回す。しっとりとした熱がワイシャツ越しに感じられる。テーブルがギシギシと軋《きし》み、悲鳴のような無機質な音さえもいやらしい嬌声に聞こえた。

「ふっ、んっ、んっ、あっ、あぁっ、あぁ……っ！」

高瀬の動きに合わせて押さえられない喘ぎ声が漏れる。濃密な空気が纏《まと》わり付く中、次第に肉筒《にくづつ》が蕩《とろ》けていき細やかに痙攣《けいれん》し始める。

腰を回して攪拌《かくはん》するように動く高瀬が、愛花をいかせようと攻め立ててきた。硬い楔《くさび》が抜き差しされる度にパールが肉芽に当たり、中を愛撫《あいぶ》され突き上げられると、高みに上り詰めるのは安易だった。

「やっ、あぁっ、あ、ぁ……っ」

「愛花……もういくのか?」

「い、いく……ああっ! 私、……ここ会社なのに、こんな……ああっ、もうだめっ!」

愛蜜に濡らされた長大な楔《くさび》が、追い込むように何度も奥を穿ってきた。

「いっ……あ、あ、あぁっ、い、くぅ……っ! あああっ!」

脳芯が痺《しび》れるようなエクスタシーに愛花の肉襞が収斂《しゅうれん》し、高瀬の熱塊を強く締め付けた。

激しく淫らな官能を味わい、愛花は体が浮き上がるような充溢感《じゅういつかん》を覚えていた。

ビクンビクン、と体が跳ね上がる。高瀬に抱きしめられながら、瞳を閉じて体を駆《か》け巡る愉悦を享受する。腰の奥が不規則にヒクヒクしていて、高瀬を余すところなく堪能しようとしているようだった。

「あ……あぁ……尚樹、さん……」

掠《かす》れた声で彼の名を呼ぶ。まだ体の奥でその熱を感じながら、しかし小さな違和感を覚える。不思議に思いゆっくりと瞼《まぶた》を開けば、そこには少し辛そうな表情を浮かべたまま、テーブルに両手を突いてこちらを見下ろす高瀬がいた。

(尚樹さん……達してない?)

自分だけが先に果てたことにショックを受ける。いつもは互いの昂奮で刺激し合いながら最後を迎えるのに、今日は無理だったらしい。

「どうした？　泣きそうな顔をしてる。この体勢はやはり辛かったのか？」

「……ううん。違う。だって、尚樹さん、その……いけなかった、でしょ？」

愛花がしょんぼりとした表情でそういえば、なぜか高瀬はフッと笑みを浮かべた。

「違う。いけなかったんじゃなくて、我慢したんだ」

そう言いつつ、未だきゅうきゅう締め付ける愛花の中からそれを抜こうとしている。出て行って欲しくなくて必死に肉襞《にくひだ》が追いかけるも、その望みは虚しく彼は全てを抜き去った。

「尚樹さん？　どうして……」

「このまま愛花の中に出してもいいが、このあと仕事に戻るんだろう？　そのランジェリーでどうするんだ？　それに、俺の匂いをさせて戻ったら、いろいろと気付かれてしまうんじゃないのか？」

それは困るだろう？　とでも言いたげな高瀬の色っぽい表情に、ゾクゾクする。

「あ……」

中に出されてしまうと、クロッチ部分のないこの下着では立ち上がればすぐに流れ出てくるだろう。洗面所まで行ければいいが、辿《たど》り着くまでには確実に太腿を濡らしてしまうはずだ。

「ほら、こっちに来て……」

高瀬が脱力している愛花の手を取り、引っ張られて体を引き起こされる。そのまま軽々とテーブルから降ろされたが、ヘナヘナと腰が立たなくて床に座り込んだ。

「尚樹さ……」

「俺はここに出したい」

高瀬を見上げた愛花の口元へ、まだ血管の浮き出る男根を近づけてきた。そこからは自分の愛液の匂いがして、その幹まで濡れそぼって光っている。あまりにもグロテスクで、淫猥なそれは、愛花の官能を再び引きずり出す。

「口を開けて」

彼の指先が顎《あご》にかかると、自然と口腔に高瀬の熱を迎え入れていた。ぬるぬるした感触が口いっぱいに広がる。喉の奥まで咥え込んでも全部を収めきれない大きさの肉塊《にくかい》は、たちまち愛花の唾液に塗《まみ》れ、凶暴さを取り戻して律動を始めた。

「んっ、んっ、んっ……んんっ」

苦しくて涙目になりつつも、必死に高瀬の切っ先に舌を這《は》わせる。裏筋を舐め、亀頭とその括れを舌先でなぞり、唇をきゅっと締めて幹を挟み込む。

見上げる高瀬の表情が快楽に染まり、目元を赤くしながらエロティックにこちらを見つめていた。彼の手が愛花の髪を梳くようにして何度も撫でてくれる。

(尚樹さん、気持ちよさそう。私もなんだか……またしたくなっちゃう)

濡れたままの秘裂を気付かれないように擦り合わせ、愛花は両手で口に入りきれない彼の雄を扱いた。ドクドクと脈打ち、さらに口の中で膨らんでくる。

「愛花……出る、飲んで」

切羽詰まったような高瀬の声に、愛花は喉の奥まで彼の肉茎を飲み込む。彼の両手が愛花の頭を押さえ動きを止めた。

「あ……ぁ……くっ」

喉の奥を高瀬の白濁で刺激されながら、それを懸命に受け止めた。しかしあまりにも大量で、必死に飲み下しても追いつかなくて口の端から流れ出る。

口腔でビクビクと跳ねる屹立をきゅっと締めて吸い上げると、高瀬が息を飲んだ。

「こら、どこまで搾《しぼ》り取るんだ?」

ゆっくりと咥内からそれが引き抜かれていく。彼の手の中で何度か扱かれると、鈴口から残滓がツプリとあふれ出る。愛花は近づいてそれを自らの唇に塗り付けた。高瀬の瞳を見上げ淫らな仕草で舐め取って見せつける。

彼はその様子を眺めながら官能の余韻に浸るように、まだ熱の灯った瞳を細めていた。

そして口の端から流れ出た白濁を拭い取り、愛花の口の中へとそれを押し込んでくる。

彼の精液を飲むのは嫌いじゃない。だから素直に口を開けてその指をしゃぶった。

「だって……尚樹さんが気持ちよさそうだったから」

愛花は高瀬を見上げながら、名残惜しそうに濡れた唇を舌で舐める。ゆっくりと立ち上がると、彼の背中へ腕を回し抱きしめるようにして体を密着させた。

「キス……しちゃだめ？　尚樹さんの飲んじゃったから、やっぱり……やだ？」

甘えた声で高瀬を見上げると、フッと緩んだ笑みを浮かべた高瀬が愛花の顎を掬《すく》い上げ、舌を絡ませてきた。

彼の吐き出した匂いが、唾液に混じって再び奥へと流れ込んで来て、愛花は渇いた喉を潤《うるお》すように嚥下《えんげ》したのだった。

第五章　不安と疑いの足音

六月の上旬、夜になっても肌寒さを感じなくなり、すぐそこに夏の気配が迫っている。愛花が緊張の面持ちでマンションのエントランスを出ると、暖かい風がワンピースをふわふわと揺らした。

今週末は久しぶりのデートで、ソワソワしながら高瀬のお迎えの車を待っているところだ。

会社の会議室で衝動を隠しきれずエロティックなセックスをしてから、もう一ヶ月以上もデートらしいデートはしていなかった。それもこれも、社内の新プロジェクトが本格的に動き出したせいだ。

（尚樹さんが企画したらしいから、忙しいのは分かるけどさぁ）

わがままを言って困らせるのは嫌だ。ただでさえ七歳も年下なので、子供だと思われるのは悔しい。だからいつも背伸びをしてしまうが、やはり高瀬の方が大人だから翻弄《ほんろう》されるのは愛花ばかりだった。

今日はいつも以上に念入りにランジェリーを選んだ。黒のシースルー生地でレース調のガーターベルトと、いつもと違うGストリングを身に着けている。クロッチ部分は二本の細いレース状の紐があるだけだ。このダブルラインクロッチのランジェリーは今日のために購入した。ある意味、下着としての機能があるのか？　というくらい隠せていなくて艶めかしい。

以前会社に着けていったのはオープンクロッチの中央部分にパールがあしらわれていたが、今回はそれもなくシンプルなデザインだ。

自室で引き出しを開き、目の前に並べられたランジェリーを見ながらかなり悩んだ。ブラジャーもGストリングとお揃いで、派手すぎずシックな黒の透け感があるレース調のもの。いつもと違うのは、カップの中央に付いている黒のリボンを解くと左右にオープンできるところだ。

鏡の前で着替えながら、リボンを解かれ隙間から指が入る瞬間を想像すると、それだけで濡《ぬ》れてしまいそうになった。今からこれではどうしようもない。

洋服はノースリーブでバルーンシルエットの落ち着いた青のワンピースというシンプルなものを選んだ。その上に肌触りのいい白のビジュー付きボレロを羽織っている。

洋服のコーディネートは本当に苦手で、これもファッションカタログからコーディネートそのままを購入した代物だった。

髪はいつもなにもしないで下ろしたままだが、今日は大人っぽくスタイリングしたくて、太めのヘアアイロンで巻いてみた。綺麗にできるまで何度もやり直し、かなり時間がかかった。この辺の不器用さは相変わらずだ。

見た目はキュートで脱いだらセクシー、そんなギャップで攻めてみようと思ったが、その準備もなかなか容易ではない。

もちろん指先の手入れとネイル、ペディキュアまで完璧に仕上げた。恋人にかわいいと思われたいのは、女性なら誰だってそうだろう。

昔は外見にこだわらなかった愛花も、高瀬と出会ってから徐々に変わってきている。変わりたいと思えたのも高瀬のおかげだ。

（尚樹さん、遅いなぁ）

迎えに来る時間を十五分ほど過ぎていた。午前中は仕事があると言っていた彼が、夕方からデートをしよう、と誘ってくれたのだ。食事だけでは済まないだろうと読んで、お泊まりセットも準備してきている。久しぶりに外で食事をするので、気持ちは浮き足立っていた。

辺りは少し薄暗くなってきて、時間を見ると十七時近くになっている。この時間なら渋滞に巻き込まれているのかもしれない。

(でも渋滞なら仕方ないかな)

愛花はバッグからスマホを取り出した。どの辺まで来たのか聞こうと文字を打っていると、目の前の国道に黒のレクサスが入ってくる。運転席から高瀬が降りてくると、愛花を見てニコリと微笑んだ。

「ごめん、少し遅くなった」

「ううん、平気。でも、ちょっと心配しちゃった」

「髪がカールしてる。今日もかわいいな」

高瀬の手が愛花の緩やかにウェーブした髪に触れる。こうして気付いてくれるところがうれしい。恥ずかしいと思わずにきちんと言葉にしてくれるから、自信のない愛花も幸福感に満たされる。

彼は午前中仕事だったから、いつも会社で見るスーツ姿だ。高瀬が身に着ける洋服は上質で、オーダースーツはセンスがいい。

今日は色の濃いネイビーのスリーピースで、高瀬のスタイルにぴったり合っている。センタープレスのきいたスラックスとグリーンのニットタイは彼の魅力を引き立たせた。足元は茶色のモンクストラップシューズだ。そして全身からはいつもと同じいい香りがする。

「うん……ありがと。久しぶりのデートだから」

「そうだな」

彼の手がやさしく頭を撫でてくれる。肩を抱かれてエスコートされるまま車の助手席に乗り込む。高瀬が運転席へ座り、よし行こう、と呟《つぶや》きレクサスが力強く発進した。

向かう先はどうやら横浜方面のようだ。一般道は混んでいるようだったが、首都高へ入ると少し流れ始めた。窓の外はあっという間に暗くなり、家々の明かりが流れていく。

「今日は泊まれるのか？」

「尚樹さんのお仕事が入らなければ、だね」

ニッコリ微笑んで見せると、それもそうだ、と彼はバツが悪そうな表情になった。

そんな困ったように含み笑いする顔も高瀬だから絵になる。スッと伸びた鼻筋とシャープな顎《あご》のラインが夜の窓に浮かび上がっていた。

（尚樹さんの恋人でいるのが、今でも不思議だな）

やっぱり自分とは釣り合っていない気がする、と劣等感がまた顔を出した。思うまいとしても、彼の隣にいるだけで感じずにはいられない。一年半もこうして彼の隣に恋人としているというのに、自分の自信のなさは相変わらずだ。

「今日はホテルのスカイラウンジで夕食にしよう。もちろん部屋も取ってある」

「うん」

高瀬がそっと愛花の手を握ってくれた。それはまるで不安な気持ちを察してくれているようで、心の中が満ち足りた気持ちになる。こんなに愛してくれているのに、なにを不安に思うことがあるのか。ネガティブに考えてばかりの自分を猛反省する。

車がホテルに到着したのは、出発してから二時間ほどだった。駐車場から上の階へ上がり、そのまま高瀬が予約したラウンジへと向かう。

用意されていたフレンチはコース料理だった。中でもバルバリー鴨のローストは絶品で、愛花はうっとりする。夜景を眺めながらバルトン&ゲスティエのマルゴーが注がれたワイングラスを傾けた。繊細かつ優美な味わいがおいしくて、つい飲み過ぎた。楽しく話しながら、なん杯くらい飲んだのか覚えていない。

高瀬のエスコートのおかげで、スカイラウンジでの夕食ではとても幸せな時間を過ごせた。

素晴らしい食事に夜景、そして目の前には最高の恋人。あとは二人きりで抱き合えたならパーフェクトなデートだと思った。

食事を終えてホテルの部屋がある階へ移動する。展望用エレベーターの中は高瀬と二人だけだ。静かに動く密室の中で、ガラスの向こうにあるライトアップされたベイブリッジを眺める。

「綺麗だな」

そう言いながら後ろから抱きしめられた。彼の体温を背中で感じながら、高瀬の首元へ頭を預ける。少し飲み過ぎてしまった愛花は足元がおぼつかない。高瀬が体を支えてくれているのが心地よくて、体がふわふわと宙を舞っているような気がしていた。

「うん……綺麗だね」

愛花の体のラインを確かめるように手の平が細腰へと降りてくる。鼻孔をくすぐるのはふんわりした甘い香りで、愛花を淫らな気分にさせる。そうなるのはワインのせいなのか、それとも彼の発するフェロモンのせいなのかは不明だ。

高瀬と付き合い始めて濡れやすくなったと自覚があった。今でもそうだ。ヌルつく愛液で太腿を滑らせ、その兆しは顕著《けんちょ》に感じている。これから先のことを想像するだけで、そこは如実にしっとりと艶を帯びてくるのだ。

しかし高瀬の腰がグッと押し当てられたときだった。

「ひゃっ！」

背中に感じたバイブレーションに驚いて声が出た。ごめん、と彼の手も体もスッと離れて行く。どうやら音を消してバイブにしていた携帯のようだ。

（びっくりした。そういうの……使うのかと思っちゃった）

　自分の大胆な想像に一人で照れてしまう。赤くなった頬を気付かれたくなくて、愛花は夜景を見るふりをして高瀬から少し離れる。そうしているうちに目的の階へ到着し、折り返しの電話をするから、と愛花をエレベーターホールに残して離れて行った。

（きっと仕事なんだろうな。ホント、社長さんって大変そう）

　そうは思ってしばらく待ってみたが、なかなか帰って来ない高瀬に焦《じ》れた愛花は、彼が向かった方へとふらつきながら足を向ける。

　廊下の先にはラウンジがあった。雰囲気のあるその空間はヨーロッパ調の家具や調度品でまとめられていて、バーカウンターまで設置されてある。

（うわぁ、こんなのあるんだ。ここってフロア専用のラウンジなのかな）

　ラウンジには寛いでいる数名の客の姿が目に入る。そして奥まった場所に高瀬の姿を見つけたが、彼はまだ電話中のようだった。スラックスのポケットに手を突っ込み、窓の外を眺めながら話をしている。先に部屋へ入ってもいいか聞いてみよう、と思い近づいた。

「今日は午後からオフだと言っただろう？　それは月曜日に話すと決めたじゃないか。瑞葉《みずは》？　お前、かなり酔ってるだろう？　今から来いって……何時だと思ってるんだ。おい、瑞葉」

声を落として話している高瀬の口から、聞き慣れない名前が出てきた。仕事のときの口調でもなく、愛花と話すときとも違う声音だ。それが余計に愛花の不安を掻き立てる。

（ミズハ？　……って誰？）

背中に血の気が引くような感覚を味わいながら、愛花はゆっくり高瀬から距離を取った。後ずさりながら廊下へ出ると、エレベーターホールに向かって早足で歩き出す。鼓動がドクドクと激しく打って苦しい。聞いてはいけないことを、耳にしたのかもしれなかった。

（仕事の相手、かもしれないし……月曜日って言ってたし。だって今日は一ヶ月振りのデートなんだよ？　大丈夫だよね？　大丈夫、絶対に大丈夫）

彼の友人の名前かもしれないし、仕事関係か知り合いなのかもしれない。そうして何度も自分を励ましてみた。けれど嫌な想像は次から次へと湧き出てしまい、胸の前で握りしめる手が……指先が冷たくなる。

「愛花」

背後から高瀬に呼ばれ、ビクン、と大げさに驚いてしまった。振り向くのが怖くて廊下の床を見つめながらそのままでいると、変に思ったのか彼が愛花の前へ回ってくる。下を向いてしまった愛花の顎《あご》に、彼のしなやかな指先がかかった。上を向かされ、彼に瞳の奥を覗《のぞ》き込まれる。

「どうした？　様子が変だぞ」

「あ、ううん。ちょっと、ワインを飲み過ぎたかのかもしれないかなって。あの……尚樹さん、部屋に行こう？」

少し挙動不審になりながらも、愛花は高瀬の手を取って歩き出そうとした。なのに彼は足を踏み出そうとしなくて、勢い余って愛花の手が離れてしまう。

「尚樹さん？」

彼はなんとも言えないような、気まずい表情を浮かべていた。さっきまでの楽しそうな様子は消えていて、どこか後ろめたい空気が漂っている。それが余計に愛花を不安にさせ、よくないことが待っているような気がした。

「ごめん、愛花」

「え？　ご、ごめんって？」

「さっきの電話、仕事相手なんだ。今から行かなくちゃだめになった。俺じゃないと処理できないから……」

彼の手がスーツの内ポケットに入る。そこから部屋のカードキーを取り出し、愛花の手に握らせてきた。すぐに意味が理解できずに頭の中はパニックになる。

（仕事？　あれが仕事の電話？　尚樹さん、嘘を吐いてる？）

嫌な予感がガンガンと愛花の頭の中で警鐘となって響いている。今、自分はどんな顔をしているのか、そんなことさえも分からなかった。

「あ……そ、そうなんだ。私は……どうすれば、いい？」

ちゃんといつもと同じように、笑えているだろうか。頬の筋肉が急に強ばり、口元もぎこちない笑みしか作れていないような気がする。

こんなことくらいで動揺して、子供だと思われたくない。

だけど声に不安が滲《にじ》む。

急激に喉が渇いて、唾液を嚥下しても胸騒ぎは消え去らない。

「部屋で待ってて。用事を済ませたらすぐに戻ってくるから。本当にごめん」

彼の手の甲が愛花の頬に伸びる。そっと慰める仕草を見せて、なにか言いたげな表情をしたが、言葉を飲み込んだようだった。

じゃあ、と高瀬が背中を向けて、エレベーターに乗る。そのまま振り返ることなく扉が閉まり、彼は行ってしまった。

安心して、というハグも、大丈夫だよ、という言葉もなく、愛花は一人エレベーターホールに残される。

高瀬のあんな電話での会話を聞いたあとで、疑わないなんて不可能だった。

（でも、終わったら帰って来るって、言ったよね）

カードキーを手の中に握りしめ、これくらいで泣くまいと必死に涙をこらえた。それなのに喉の奥も鼻の奥もツンと痛くて、胸の中はもっと痛くて、愛花はしばらくその場所から動けなかった。

高瀬が予約していた部屋はクラブフロアの中でも一番いい部屋のようだった。ベッドはキングサイズで、もちろん夜景を一望できる。広いバスルームからも夜景を望めるし、バルコニーからはみなとみらいのイルミネーションが見下ろせた。

「尚樹さん、一人じゃ広すぎるよ……」

愛花はバルコニーに出て外の風に吹かれる。久しぶりのデートだと、張り切ってセットしたウェーブの髪が寂しげにふわふわ揺れた。一人きりにされて、どうしていいのか分からない。帰って来るから、と高瀬はそう言ったけれど、もう二十三時を回っている。

「十二時を過ぎたら魔法が解けちゃうよ？」

二脚並んだバルコニーチェアへ腰を下ろし、体を小さくして膝を抱える。なにもする気にならなくて、愛花はひたすら高瀬を待つだけになった。ワインで火照った体も、高瀬に触れられたこそばゆい感触も、全て風に乗って消え去ったようで、寂しさだけが残される。

潮風で体が冷えた愛花は部屋へ入り、広すぎるベッドの上へ横になった。髪がふわっとシーツの上へ広がる。

ボンヤリしながら握りしめた携帯のホームボタンを押した。高瀬とのデートで撮った写真を壁紙にした待ち受け画面が明るく光り、そこに浮かび上がったデジタル時計はちょうど十二時を知らせている。

何度も不安をぬぐい去るように前向きな想像をしたけれど、あまり上手く行かなかった。そうしている間に酔いも手伝って、愛花は深い眠りに落ちてしまったのだった。

いつの間にか眠っていた愛花は、部屋のチャイムの音で目を覚ました。ベッドの上で体を起こし、寝る前となにも変わっていない部屋の状況に落胆しつつも、再度鳴らされるチャイムに胸が弾んだ。

窓から差し込む日差しは青白く、早朝だとすぐに分かる。高瀬が急いで帰ってきてくれたのだと思い、それだけでうれしくなった。不安に押しつぶされそうになりながら寝てしまった昨日とは大違いだ。

(尚樹さん、やっぱり朝までかかっちゃったんだ)

急いでベッドから降りた愛花は、入り口近くにある姿見で髪を手櫛《てぐし》で整え、洋服の皺《しわ》を伸ばす。

「ああ、やだ。寝起きで顔がむくんでる。メイクもボロボロだぁ……どうしよう」

もう一度チャイムが鳴らされ、はーい、と慌ただしく返事をしながら施錠を外した。

「尚樹さん、遅かっ……」

扉が開いた向こうに立っていたのは、高瀬ではなく職場でいつも彼の後ろにいる衛本だ。グレーのスーツ姿でピンと背筋を伸ばして立っていて、どうしてこんなところに彼女がいるのか理解できず、愛花の頭の中は真っ白になった。

「おはようございます。社長から小牧さんへ渡すように言われたものをお持ちしました」

意味が分からないまま固まっていると、彼女はニコリと微笑み再び口を開く。

「今、高瀬社長は携帯の電波が届かない場所にいらしゃるので、私が代わりにこれを」

片腕に抱えられた真っ赤な薔薇《ばら》の花束を差し出されて、戸惑いながらも愛花は受け取った。

「え……あ、はい……」

花束と一緒に手渡されたのは小さな白い洋式封筒だった。硬い手触りから中にカードのようなものが入っているらしいと分かる。

「あ、あの……衛本さん、なお……高瀬、社長と私は、その……」

「ああ、大丈夫ですよ。私はお二人の関係を知っていますから。それに他言するつもりなんてありませんから、安心して下さい」

彼女は感情を悟らせないような笑顔を浮かべ、それでは、と背を向けて行ってしまう。肝心なことをなにも聞けないまま、愛花の頭の中はフリーズ状態になっている。帰ってきてくれたんだ、と期待しすぎた分、その落胆は凄まじかった。高瀬との関係を衛本が知っているのもショックだった。だが、よく考えれば彼女に知られないはずがないのだ。そう思うのに、気持ちを切り替えるのは難しかった。

部屋へ戻り薔薇の花束をテーブルへと置く。どういうことなのか高瀬に電話をしようとしたが、電波が届かない場所にいると言われたのを思い出した。

「尚樹さん……本当に仕事だったのかな」

ぽつりと呟き、封筒からカードを取り出した。

『今日は久しぶりのデートだったのに、ごめん。こんな花束くらいで埋め合わせができるとは思っていない。だから今度、やり直しをさせて欲しい。チェックアウトは昼過ぎだから、ゆっくりしていって。愛してるよ、愛花』

印字された文字を目で追いながらため息を漏らした。昼過ぎまでこんな広い部屋で一人きり、どうすればいいのか分からない。

愛花はすぐに化粧室へ入りメイクを直したあと、身なりを整えて帰る準備をした。テーブルに置きっ放しの薔薇の花をどうしようかと考えたが、やはり置いていくのはかわいそうな気がしてそれを抱える。

（ミズハ、ミズハ……って、一体誰なの？）

恋人と過ごすはずだった部屋を、ドアの手前で振り返る。そして自分以外の女性の名を口にしていた高瀬のことを思い出したのだった。

第六章　高瀬の苦悩と憂鬱《ゆううつ》

高速を走るタクシーの後部座席で、高瀬は苛立《いらだ》ちを隠せなかった。久しぶりの恋人とのデートを間際で邪魔されたのだ。それでも適当にあしらって断れるような相手ではなかっただけに、苦虫を嚙《か》みつぶしたような、感情だけが残る。

(愛花……きっと一人で寂しい思いをしているだろうな)

そう思いながら、窓の外を流れる景色に目をやった。

車は都内へと向かっている。高瀬を呼び出した女性は昔彼が交際していた人物だ。

目的地である地下のバーへやって来た高瀬は、カウンターでグロッキー状態になっている瑞葉を見つけた。

「おい、瑞葉」

彼女にそう声をかけても、ピクリとも反応しなかった。

このバーは彼女がよく姿を見せる場所だったが、ここに来ると決まって記憶をなくすほど飲み、最後には誰かが迎えに来ることになってしまうのだ。

「マスター、こいつどのくらい飲んだんです？」

「ああ、かなりの量だよ。僕も途中で止めたんだけどね。そしたらこれ……」

バーのマスターは額の赤い傷を指さした。恐らく酒を出せ、と瑞葉が暴れた結果なのだろう。

「すみません。いつもは誰が迎えに来てるのか知ってますか？」

「そうだねぇ、毎回違うけど、みんな格好いい男の人が来てたよ」

恐らくモデル仲間の誰かを呼びつけているのだろうと察しは付いた。瑞葉を揺すっても起きないので、高瀬は体を肩に担ぎ上げる。

「マスター悪い。ここの代金は俺に付けておいてください」

「ああ、いいよ。しかし、そんな風にお持ち帰りされるのを見たのは初めてだよ」

マスターは瑞葉を肩へ担いだ高瀬を見て、苦笑いを浮かべながら驚いていた。

高瀬はそのまま店を出てタクシーを拾う。彼女を座席へ座らせても、瑞葉は死んだように眠っていて全く起きない。うんざりしてため息を吐いた高瀬は、隣に乗り込んで運転手に行き先を伝えた。

瑞葉のマンションに到着し、彼女のバッグから部屋の鍵を取り出す。そして勝手知ったる彼女の部屋へと入る。ベッドへ寝かせ、それでも目を覚まさない図太さに呆《あき》れかえった。

（愛花に電話をするか）

そう思って時計を見たが、時刻は夜中の三時を回っている。もう彼女は寝ているだろう、と携帯をポケットへ戻した。

遅くなってもいいから愛花のところへは戻りたくて、回れ右をした高瀬は瑞葉の部屋を出ようとする。しかしベッドで寝ている彼女が、おかしなタイミングで目を覚ました。

「尚樹？　あれ……ここ、私の家？」

「お前が電話して俺を呼んだんだろ？　覚えてないのか？」

「覚えてるわけないじゃぁーん」

目が据わった状態の瑞葉が薄ら笑いを浮かべて高瀬を見た。このまま置いて帰ろうとしたが、彼女の顔色の悪さが気にかかる。

いつもは綺麗な顔をしているのに、今日は飲み過ぎたせいか浮腫《むく》んで青白く、とても残念なことになっていた。もとは結い上げていたであろう長い髪も、今は半分以上が崩れて原形はない。

（モデルとしての自覚はあるのか？　妙な噂《うわさ》を雑誌にでもすっぱ抜かれたらそれこそ終わる）

ベッドの傍まで近寄ると、サイドボードに置いてある水のペットボトルを渡してやった。

「なぁに？　やけにやさしいね。もしかしてその気になったの？」

ニヤニヤと下品な笑みを浮かべ、途端に誘うような雰囲気を出し始める。そんな彼女のやりかたは十分知っていた。

「俺は帰るぞ。お前を送るだけのために呼び出されたんだ。そんな気持ちくらい察しろ」

「察しろ？　まさか、私が？　あはははは っ！　やっだ！　もう本当に、尚樹ってば……！」

バカみたいに笑い出したかと思うと、高瀬の袖口を引っ張りベッドへと引き摺り込んできた。

「おい！　なにしてるんだっ」

「今日はもう遅いし、泊まっていけば？」

「お前は……」

彼女の目が「分かっているよね？」と語っていた。

本当ならデートの最中に、愛花ひとりをホテルに置き去りにするなんて考えられない。そうまでして瑞葉の言葉に従うには理由がある。彼女の機嫌を損ねれば、今進行中のプロジェクトがだめになる可能性があった。

潰れてしまうまではいかないにしろ、ここで瑞葉の反感を買えばプロジェクトの妨げになるのは目に見えている。

（やはり瑞葉に頼んだのが間違いだったか）

高瀬は胸の前で腕を組んでため息を吐いた。

瑞葉の父と高瀬の父は顔見知りで公私ともに交流があり、あるとき父のお供として参加した会食で瑞葉の父に気に入られ、交際相手に娘をどうかと紹介された。それを耳にした高瀬の父も乗り気で、当人そっちのけであっという間に交際していることにされてしまった。純粋な親心だけであればよかったが、そこには会社の利害関係が絡んでいた。

実はそれが両父親の画策だったこともあり、仕組まれた会食だったと知ったときにはすでに手遅れで、断る隙もなかった。

瑞葉はモデルとしては他の追随を許さないほどの才能の持ち主だ。高瀬はそんな彼女の仕事ぶりは認めている。しかし恋人関係になる前に男関係のだらしなさを知り、パートナーとして相応《ふさわ》しくないと感じた。呆れ果てて交際を打ち切りたいと言い出したのは高瀬だった。実際は男女の関係などなく、瑞葉とは数回食事をしただけである。

瑞葉の父には行動を改めさせると何度も説得されたのだが、どうしてもその希望に応えることはできなかった。

今回、瑞葉に仕事を依頼したのは、高瀬の父が新ブランドの戦略に口を出して来たことが大きく関係している。瑞葉がイメージモデルに起用されれば、それを機に高瀬と寄りを戻すかもしれない。そしてそのまま身を固めてくれればいい、そう考えたのだろう。

彼女に才能がなければそれを理由に断ったが、そこは一流の仕事をする瑞葉だったので、どうにも押し切られたのである。

彼女がまだ恋人の座を狙っているのは会う前から分かっていた。しかし、それに気づかないふりをして、ビジネスだからと自分に言い聞かせ契約したのが運の尽きだ。

売れっ子モデルの看板を利用すれば、それだけブランドの知名度も変わってくる。迂闊《うかつ》だったかもしれないと思ったが、瑞葉の経済効果は計り知れない。

しかしここまで邪魔をされるとは思っていなかったのが高瀬の誤算だ。もしも瑞葉のせいで愛花と別れることにでもなったら、本末転倒である。微妙な板挟みの状態で、高瀬は窒息しそうな気分だった。

「お前の恋人を演じるのは、カメラの前でだけだ。キスも肉体関係もなし。その条件でOKしたのはお前だろう？　昔の関係に戻るつもりはない。といっても、お前とは実際なにもなかっただろう？　ここにいるのは二人だけだ。恋人のフリを誰に見せるつもりだ？」

冷たい声で突き放すと、高瀬の袖を引っ張る彼女の手首を掴んだ。

「本当に、やなやつぅ」

「それはお互い様だろう」

瑞葉の手を払いのけて高瀬は立ち上がった。

「今日は彼女と泊まりでデートだったんだ。見事に邪魔されたがな」

「……ふん。そのまま別れちゃえばいいのに。今回の仕事だって、尚樹が頼むから引き受けたのに、ちょっと冷たすぎない？　それにその彼女、そんなに大切なんだ。尚樹がそこまで怒るなんてどれほどよ。このあと、その子のところへ帰る気？」

「ああ、帰る。それに、お前なんかとは比べものにならないくらいいい子だよ」

「今からその子のところへ帰るなら、私はあの仕事降りるからね！　台無しにしてやるから！　そんなのいやでしょ？　ねえ、なにもしなくていいよ。添い寝だけでいいよ。だから泊まっていって」

高瀬は瑞葉の甘えたような言葉を、背中で聞きながら立ち止まった。もうなにも答えてやる気にはならない。今すぐにでも愛花の元へ帰るつもりだった。だが瑞葉の言葉でそれもできなくなる。彼女の機嫌を損なってヘソを曲げられでもしたらそれこそプロジェクトは終わってしまう。

腹立たしい気持ちのまま黙って寝室を出ると「尚樹！」と背後から聞こえて、そのすぐあとにペットボトルが投げられた音がした。

「ベッドでは寝ない。俺はこっちだ」

高瀬は疲れ果てた状態でリビングのソファへ腰を下ろした。今日は一睡もできないだろうと覚悟する。

せめて愛花へメールだけでも、と思い携帯を手にするが、このタイミングで充電が切れていた。なにもかもが裏目に出て苛立ちは収まらない。

飲まなければやってられないと、一晩ここで一人飲み明かすつもりでワインラックへ近づいて手を伸ばしかけたが、翌日の仕事を考えてその手をとめた。仕方なく冷蔵庫へ向かい、中からミネラルウォーターを取りだす。そして苦々しい気持ちでそれを飲み干したのだった。


翌朝早く、瑞葉の携帯から衛本へ連絡をした。携帯の充電が切れたこと、瑞葉のせいでデートが台無しになったこと。そして彼女がチェックアウトする前にカードと花束を届けるようにと頼む。

衛本は高瀬にはなにも聞かずにそれを淡々とメモしているようで、つくづく優秀な秘書だなと思う。

「そういうことだから、直接会社へ行く。俺のマンションから着替えのシャツとスーツを持って来てくれないか」

『分かりました。一式お持ちいたします』

「早朝に悪かったな。頼む」

そう言って通話を終わらせ、瑞葉のマンションを出た高瀬はタクシーをつかまえると会社へ向かって走らせる。

頭の中は愛花のことばかりだ。寂しい思いをさせた。一人で泣いているかもしれない。そう思うと全てを投げ出して今すぐにでも会いに行きたくなる。

「くそっ」

タクシーの後部座席で苛立たしげに呟き、やり場のない怒りを持て余していた。

第七章　思わぬ抜擢と甘い誘惑

夏を目の前にして、愛花の会社の制服が衣替えをした。最近は雨の日が多くて、湿気で髪がまとまらない。髪質が真っ直ぐな愛花でさえも、今年の湿気には参っている。菜奈の髪はいちばん跳ねやすい肩に当たる長さで、朝の悪戦苦闘ぶりを毎日聞かされていた。

「マジで、この湿気なんとかして欲しい……」

隣の席でうんざりした顔の菜奈が髪を弄《いじ》っている。確かにここのところの湿気はすごかった。雨ばかりの日々で気分も落ち込んでしまう。それを理由にしているが、愛花の落ち込みは湿気のせいばかりではない。

「そうだよね。でもこれを乗り越えたら今度はあの刺すような紫外線の夏がやってくるよ?」

「暑すぎるのも考えものよ」

そんな風に朝の仕事の準備をしながら世間話をしていたら、颯真がフロアに入ってくる。

「おはよう。今日はみんなにお知らせがあるから」

そう言って愛花たちのデスクがある島の六名の顔を見渡した。小脇に挟んだファイルを開き、みんなが自分を注目しているのを確認して、颯真が話し始める。

「来月から……というか、先月くらいから新プロジェクトが動き出していたのはみんなも薄々知っていると思いますが、今日から戦略部隊として営業・販売部もプロジェクトへ本格的に加わることになりました。今配っている企書のプロジェクト名はまだ仮のものです。とりあえず、資料を配るから目を通しておいて下さい」

颯真がファイルに挟んであった資料をみんなに配りながら説明する。カラーで印刷された書類には『Aプロジェクト』と書いてあり、新しいブランドの立ち上げ準備の概要などが記してあった。

「愛花、新ブランドだって。ソレイユは今のとこ『リーブル』と『フルール』それから『プティット』と『ネージュ』でしょ。最近では『アンジュ』ができたんだよね。全部フランス語らしいけど。次のブランドで六つ目か。どんな感じになるのか楽しみ」

「リーブルは自由に羽ばたくって意味があって二十代がターゲット。フルールの意味は花。いろんな花をモチーフにしたデザインで、少し高いけどかわいいよね。確か菜奈も買ったんだっけ？」

「うん、社割りで買っちゃった」

うれしそうに微笑んだ彼女が、それから……と人差し指を唇に押し当てて、再び資料へ目を落とす。

「リーブルとフルールで自由の花って意味だけど、この二つはお互いのブランド同士いろいろ組み合わせが可能ってことで、かなり話題になったんだっけ」

「え、ああ……うん。かわいかったね。色んな組み合わせができるのは、女子にとってはポイント高いって社内でも人気だった」

あ、私これとこれの組み合わせが好き、と菜奈が資料の写真を指さしてくる。そちらへ目を向けると、彼女が好きそうなエレガントなランジェリーが目に入った。

愛花も同じように視線を手元へ落とし資料を見つめる。

「プティットは小さいサイズが中心でアンジュは十代がターゲット。二つで小さい天使って意味か。じゃあ次のネージュと対になるんだろうね」

「うーん、全体的に若い子向けの商品が多いから、次は落ち着いた三十代を狙うのかもね」

彼女がページを捲りながら楽しそうにしている。確かに新しいブランドを立ち上げるのはワクワクするけれど、愛花は今それどころではないのだ。

久しぶりのデートでホテルに一人で置き去りにされたあと、高瀬から謝罪の電話を受けた。何度も電話口で謝られて、口では「もういいよ。怒ってないから」と言ったものの、気にしているのは否めない。モヤモヤを抱えたままもうすぐ五日目。

いつまで経っても忘れられないのは、あれ以来、高瀬と二人で顔を合わせて話せていないせいだろう。しかし今はもっと別のことが気がかりになっている。

（ミズハさんって誰？　なんてこと絶対に聞けない。ラウンジでの電話をこっそり聞いてたのバレちゃうし、みっともない嫉妬をしてるって知られるのもいやだし）

「愛花、聞いてる？」

「え？　なに？」

菜奈に肩を摑んで揺すられて気がつくと、颯真の新プロジェクトに関する説明はとっくに終わっていて、みんな仕事を始めている。

「なに、じゃなくてさ。さっき、颯真リーダーが愛花のこと呼んでたよ」

「嘘、全然聞こえてなかった。なんて言ってた？」

慌てた愛花は椅子から腰を浮かせる。辺りを見回してみたが颯真の姿がなく焦《あせ》ってしまった。

「隣のミーティングルームへ来てくれってさ。どうしたの？　最近ボーッとし過ぎだよ？」

「ごめん。ありがとう。ちょっと行ってくる！」

メモ帳とペンを持った愛花は、急いで隣のミーティングルームへと向かう。今は呆《あき》れた顔をされたが、ここ五日ほどずっとこんな調子なのを菜奈は知っていて、かなり心配をかけている。

（仕事中なのに、しっかりしなきゃ）

愛花は廊下に出て、自分を落ち着かせるために深呼吸する。そして斜め向かいのミーティングルームの扉を叩いた。

「颯真リーダー、小牧です」

「どうぞ」

彼の声を確認した愛花は扉を開く。テーブルが一つと簡易の椅子が四つしかない狭いミーティングルームで、颯真はこちらを向いて座っていた。

「じゃあ、そこに座ってね」

「はい」

こんな風に改まって颯真と話すことがないのでなんとなく緊張して顔に出てしまう。

「そんなに緊張しないでいいから。別にお説教じゃないよ」

「あ、……はい」

手元の資料を見ながら、颯真が少し気を遣ったように笑みを浮かべた。しかし感情の見えない笑顔を見せられ、かえって不安が増す。

（そう言われてもなぁ。あの微笑みが逆に怖いんだけどなぁ）

「さて、本題に入るけど、小牧さんは出世欲ってある？」

突然そう聞かれて愛花はきょとんとして颯真を見つめて固まった。

ソレイユは女性社員が大半を占めていて、あまり出世争いとは縁がないように思われるが、実際そんなこともないらしい、と菜奈からは聞いている。

男性並に派閥争いはあるし、水面下ではそれがかなり過激に繰り広げられているというのだ。しかし愛花はそこまで出世したい、と思って日々仕事をしているわけではない。もし昇進などの打診だとしたら、どうして自分が呼ばれたのか不思議だ。

特別に目立って頑張っているわけでもないし、サボり癖があるわけでもない。淡々と自分の仕事をこなすだけ。だから昇進や昇給の話ならもっと他に適任者がいるのではないか、と心の中で思い浮かべてしまう。

「出世欲……はそんなにないですが。あるような仕事ぶりに見えたってことでしょうか？」

「いや、そうじゃないけど」

颯真の返答に思わず椅子から滑り落ちそうになった。だったらどうして聞くのだろうか。

彼の真意が分からずにモヤモヤする。

「僕は営業部と販売部両方の戦略リーダーをやってるけど、このAプロジェクトから営業の方に力を入れてくれって言われてね。それで販売の方は少し仕事を任せられる人に付いてもらおうと思って」

「営業部に行かれるのではなく……ですよね？」

「そうそう。だから販売部で補佐をしてくれる人が欲しいんだ。小牧さん結構、細かいところに気が利くし、仕事も早いし……適任かなと思って。別に現状のままでよければいいんだけど」

「それは颯真さんのサポートってことですか？」

「まあ、そうなるかな。もしかして、僕の下だからいやだとか？」

ニッコリ笑顔でそう聞かれて、愛花は頰を引き攣《つ》らせた。そんなつもりで聞いたわけではないから余計に焦る。

「い、いえ！　そういうつもりでは、なく……。あの、私が颯真リーダーのサポートなんて可能なんでしょうか？」

「仕事ができないと思う人を呼び出して話したりはしないよ」

いくら僕でもそんな酷なことはしないから、と颯真が、ふふっ、と声を上げて笑う。その笑い方はいつもの感情の読めない笑顔ではなく、なんとなく自然な気がして好感が持てた。

(颯真さんもあんな風に笑えるんだ)

意外なものを見て心の中で驚きつつ、それを顔に出さないよう唇を噛《か》んで真顔を保つ。しかし、自分が颯真にそんな評価をされているとは全く知らなかった。仕事は真面目にしている方だと思うが、他のみんなと同じくらいだと自己評価していたのだ。

颯真のサポートをするようになったら、もしかしたらもっと高瀬と会う時間がなくなるのではないだろうか、という小さな不安が湧いて出た。

(もしもそうなら、この話は断った方がいいかな。でも、尚樹さんと釣り合うような……ううん、少しでも近づけるような、仕事のできる女性になりたい)

愛花の迷いが顔に出ていたのか、期待に満ちた颯真の視線が、小さなため息と共にスッとファイルに落とされた。

「やっぱり無理そう？　給料も少しアップするし、どうかな？」

「あの……颯真さんのサポートに付いたら、今回のAプロジェクトにも少しは関われますか？」

もしかしたら高瀬と仕事で顔を合わせられるだろうかと、そんな策略染みた考えが頭を巡った。プライベートで会えないのなら、せめて仕事で彼と同じ空間にいたい、という安易な考えだ。

それと同時に、実力を買われたのなら少しは認めてもらえるのではないか、という小さな期待もあった。

「ああ、そうだね。恐らくなにかと頼むことが増えると思うけど。今回の企画に興味ある？」

「あ……はい。新しいブランドって楽しみです。まだ資料は全部読んでないですけど」

「じゃあ、その方向でお願いできるかな？」

「分かりました」

詳細はまた改めて伝えるから、と颯真が席を立った。まさかこんな話を持ちかけられるとは思わなかったが、少しは評価をしてもらえているのなら、それはうれしいことだった。

愛花はその日から颯真の下についてサポート業務をすることになり、いつもより慌ただしい日々が始まった。午後の仕事が始まってすぐは、菜奈と気楽にしゃべりながら入力業務をしていたのが、そうはいかなくなったのだ。

颯真の席と隣同士というのもあり、なにかと仕事が増えている。

菜奈に言わせれば、颯真リーダーの雑用係みたい、だそうだ。そして颯真から突発的な仕事が入ると、愛花がやっている仕事がときどき菜奈に引き継がれるので、私までとばっちり、と愚痴を零《こぼ》された。これではまたランチになにか奢《おご》るしかなさそうだ。

「小牧さん、これまとめて高瀬社長に持って行ってもらえる？　秘書の衛本さん今は手が離せないみたいだから、直接社長室によろしく」

部署の先輩からそう言ってファイルを渡された。颯真の業務の手伝いはあっても、直接高瀬に接触できるような仕事はなかった。同じプロジェクトでも重要なことは颯真や衛本が引き受けていたので、正直ガッカリした部分はあったのだ。

（会社で尚樹さんと話せるかなって思ってたから、ちょっとうれしい）

そんな風に思っていたので、届け物だけでも愛花にとってはウキウキすることだ。それに、泊まりデートが途中でだめになって以来、電話とメールでしか連絡を取り合っていない。顔を見るのは数日ぶりになる。

「あ、はい！　分かりました。これAプロ関係の書類ですか？」

「うん、そうなんだ。ちょっと急ぎだからよろしく」

「分かりました！」

愛花は先輩からファイルを受け取り、勢いよく席を立った。少し緊張気味にフロアを抜けて、まずは化粧室へと入った。

（急ぎだけど、ちょっと見直すだけだから）

鏡で身なりと髪型を整える。ポケットに入っている口紅を塗り直し、よし、と気合いを入れて化粧室を出た。

エレベーターで上階へ向かい、一番奥の社長室へと近づく。胸がドキドキする。いつだって彼と会うときは緊張していた。それを知ってか知らずか、余裕の笑みでそんな愛花を翻弄《ほんろう》してくる。今ではそうされることも嫌いじゃない。

扉の前で深呼吸した愛花は、三度ドアをノックする。

「小牧です。急ぎのファイルをお持ちしました」

「いいよ。入って」

久しぶりに聞く高瀬の甘い声に、愛花は胸がきゅんと切なくなるような刺激を受ける。ドア越しとはいえ、たったそれだけでこんなにうれしいのかと思うほど舞い上がった。

扉を開けて中に入ると、正面には背の高い衝立が愛花の視界を邪魔する。それをぐるっと回って顔を出すと、大きな重厚感のあるデスクで仕事をしている高瀬の姿が目に入った。

「愛花が持ってきてくれたのか」

「あ、はい。他に誰も手の空いてる人がいなくて……」

社長室で仕事をしている高瀬を見るのは初めてかもしれない。真剣な顔で書類を見つめていて、その目が愛花を捉えた。全身が痺《しび》れるような感覚に、自分が高瀬の視線だけで感じているのだとすぐに分かった。

（だめよ。仕事中なのに……どうして——こんな）

デスクに近づいてファイルを渡す。それだけなのに愛花の体は熱くなっている。特に下腹部に違和感が広がった。

「ありがとう。……どうした？　少し顔が赤い。体調が悪いのか？」

「い、いえ……別に大丈夫です」

そう言っていつまでも高瀬の傍を離れない愛花を見上げた彼は、やさしく微笑んで手を出してくる。

「尚樹さん？」

「会社では高瀬社長と呼ぶんじゃなかったのか？」

滅多に会社で顔を合わせないが、交際していることがバレないよう、他の人と同じように呼ぶと決めていたはずだった。しかし高瀬の顔を見た瞬間、そんなものが一気にどこかへ吹っ飛んでしまい、いつもの呼び方が口を突いて出ていたのだ。

「でも……高瀬社長も、私のこと愛花って……呼んでました」

「あ、そうだったか？」

クスクスと笑いながら高瀬が立ち上がる。見下ろしていた視線が一気に高くなり、今度は愛花が見上げる格好になった。

「そうか、じゃあお互い様だな」

彼に抱きしめられてドキドキする。会社でこんな風にするのはいけないと分かっているが、大好きな高瀬の腕を拒むなど無理だ。

「あの……私、戻らないと……」

「戻るのか？　こんなに……もじもじしてるのに？」

彼の手が背中からお尻へと降りてくる。無意識に腰を揺らしていたらしい。高瀬に指摘されて頬が熱くなる。

「ひゃっ……！　尚樹さん……触っちゃだめ」

「でもこのままの方が辛いだろう？　これで椅子に座ったら……スカートまで染み付くかもしれないな」

高瀬が愛花の耳元で色っぽくエッチなことをささやいてくる。それだけで痛むほど隘路がきゅんとなった。秘所が濡《ぬ》れているのはずっと前から自覚があった。まさか高瀬に見抜かれるとは思っていなかったが。

気付かれないよう、ゴクリと喉《のど》を鳴らすと、熱を帯びた瞳で高瀬を見る。

「でも、尚樹さん忙しいでしょ？　だから……」

「愛花のためなら時間が作れそうだ」

「え？」

高瀬の腕の中で彼を見上げる。やわらかく微笑む彼に見つめられ、愛花はゆっくりと目を閉じていた。

「あ……んっ、んんっ」

唇を塞《ふさ》がれ、あっという間にいやらしいキスをされた。何度口付けられても、それはいつも新鮮で気持ちよくて蕩《とろ》けさせられる。彼の舌が愛花の舌を絡め取ってやさしく愛撫し、ときどき唇で食むような仕草を見せたかと思うと、今度は深くまで侵食され口蓋を突かれる。独り善がりのキスじゃなく、相手の性感帯を熟知した彼の舌戯は気持ちがいい。

「ん……ふ、あぁ……ぅん」

いつまでもこうしていたい気持ちだったが、愛花の下腹に熱く硬いものが当たっていて、どうしたって気になる。彼のわかりやすい主張がさらに愛花を昂ぶらせた。ここが会社じゃなければ、もっと大胆に高瀬を押し倒したかもしれない。そんな妄想を頭の中で繰り広げながら唇を離すと、二人の間にいやらしく銀糸が引く。

「少しだけ休憩しようか」

高瀬がそう言ってデスクの上にある電話のスピーカーボタンを押した。

「衛本、三十分ほど誰も社長室に出入りさせないでくれ」

『はい、分かりました』

衛本の事務的な声が聞こえてきて、愛花は驚いたように彼を見る。

「いい、の？」

「いいよ。あんまり座ってばかりだと頭に酸素も回らない。そうしたら仕事効率も落ちるからな。軽く運動をして血の巡りをよくするといいらしい。協力してくれるか？」

もっともなことを言っているようで、その実、自分のわがままを通すためだけの屁理屈にも聞こえる。でも今は愛花も同じ気持ちだった。だから素直に高瀬の首に腕を回したのだ。

社長室でまさかこんなことになるとは思っていなかったが、愛花は部屋の窓ガラスに両手を突いていた。目の前には同じくらいの高さのビルが建っていて、もちろん向こうも会社が入っているから人の動きが見える。

(向こうから見えるなら、こっちだって見えちゃう……っ)

背後から高瀬に抱きしめられながら、制服のベストをはぎ取られ、ブラウスのボタンを外されている。スカートは微妙な位置まで捲り上げられ、足を開かされていた。

「あっ、やっ、あぁっ……尚樹さん、そこ、やんっ！」

ブラジャーの下から手を入れられ、両手で胸を掴《つか》まれる。先端は凝って硬くなり、彼の指先で何度も弾かれた。そうされると体がビクンと跳ね上がり、お尻で高瀬の熱塊を押してしまう。それが気持ちよくて、さらに自分を自分で煽《あお》ってしまい、ますます愛花の秘裂は蜜を滴《したた》らせた。

「いやなのか？　気持ちいいんだろう？　こうすると愛花はお尻を俺のコレに押し付けてくるだろ？　物欲しそうに擦ってるが、自分でやって感じてるのか？」

「う、嘘……そんなの、してな……いっ！　あっ！」

今度は乳首を摘《つ》まんで引っ張られた。痛みと痺《しび》れと快楽で声が弾む。こんな明るい昼間のオフィスで、窓の外に向かって淫らな顔を見せている自分に感じている。見られるかもしれないというスリルが、愛花をさらに熱くさせた。

「やだ……や、もう、やぁ……」

「なにがいやなのか言わないと分からない」

くりくりと乳首を弄《もてあそ》ばれ、自らあふれさせた甘い滴で下着を汚していた。そこを早く触って欲しい、と言いたくても恥ずかしくて口にできない。

「言わないとずっとこのままだ。三十分はあっという間だな。愛花はこんなエッチな顔をしたまま自分のデスクへ戻る気か？」

「そんな……それはだめ……」

「まだだめなのか？」

　高瀬がクスクスと背後で笑う。焦らされてたまらなく感じさせられている。彼だってもう限界なはずだ。熱くて硬いそれが愛花のお尻の狭間で存在感を訴えている。

「な、尚樹さんの硬いのが……欲しい」

　消え入りそうな小さな声でようやく言葉にしたが、高瀬に気付かないふりをされた。

「愛花、もう一回、言って」

　もう我慢は限界だ。これ以上焦《じ》らされたらおかしくなってしまう。愛花はぎゅっと目を閉じ、口を開いた。

「尚樹さんの……硬くなったそれを、愛花に挿《い》れて……」

「胸を弄《いじ》っただけでそんなに挿れて欲しくなっちゃうのか？　愛花はエッチだな」

　そう言わせたのは高瀬なのに、愛花がいやらしいような言い方をしてくる。冗談だと分かっていても、いじわるな人だ、と思う。

「じゃあ、下を弄ってあげるよ」

　下着の上から指を這《は》わされる。じわりと粘ったような感触が秘裂に押し付けられ、高瀬の指が何度もその濡《ぬ》れた部分を往復した。ときどき秘珠に当たり、体の奥からゾワゾワと劣情が這い上がってくる。

「んっ！　っあぁ！　はぁ……ぁ、あぁっ！」

思わせぶりに動いていた指先が、下着の隙間から入ってくる。直に触れられ、我慢できずに膝から崩れそうになった。

(欲しい……尚樹さんが、欲しい)

隘路がビクビク動いているのが分かる。そのヒクつく蜜口に高瀬の指が入ってきた。

「ひっ！　ああっ！　あ、あ、あぁ……ぅぁ」

膝頭が自然に合わさり、高瀬の手を股間で抱え込む。そうすると指の動きが鈍くなり、また焦れてきた。

「そんなに挟んだら、愛花のいいところをいじめてあげられないな。脚、開いて」

「は……ぁ……ああ、もう……あぁぁっ……」

感じている声を止められない愛花は、顔を真っ赤にする。そしてぎゅっと一度だけ唇を噛んだあと、息を吐いてゆっくりと脚を開き、早くして欲しい、と振り返って訴えた。彼は余裕の笑みを浮かべながら、愛花の体を意のままに弄《もてあそ》んでいる。

「時間もないから、愛花の欲しいものを、あげる」

スラックスのファスナーが下ろされる音を聞いて、それだけで体がジンジンしてくる。お尻の狭間につるりとした感触の熱塊が押し付けられると、我慢できずに艶声が漏れた。

吐息の熱さが自らを煽《あお》る。

ゴクリと喉を鳴らすと、高瀬の硬くなった先端が秘裂を撫で始めた。愛花が零す愛液でその滑りはよくなる。脚の間を何度も往復する剛直が、その切っ先で秘珠を弾いた。

「ああっ！　ぃああっ！　気持ちいい……あぁぁ、気持ちいいよぉ……」

鋭く電気が走り抜けたような快感が、脳天まで一気に駆け上がってきた。あまりに悦《よ》くて、普段は言わないようなことを口にしていた。

「気持ちいいんだな？　そうか……じゃあこのままにしようか？」

「いや……それはいやっ……早く、挿れて……尚樹さんの、挿れて」

腰を振りながら高瀬の剛直を足で挟む。自分の手で彼の熱塊を摑み、自ら誘導して挿入しようとした。

「おっと、なにしてるんだ？　自分で挿れたいのか？　じゃあこれだとやりにくいよな」

高瀬に手首を摑まれ体を引き起こされた。今さらどうするのかと見ていると、彼は社長椅子に腰掛ける。その股間からは逞《たくま》しい雄が濡れて光り、天を向いてビクビク息づいていた。

「自分で挿れてみたいなら、愛花が跨《また》がってくれるかな？」

そう言われて戸惑った。向かい合っても背中を向けても、入るところを見られてしまう。

今さら恥ずかしいというわけではないが、高瀬がいつも仕事で座る椅子でこんなことをするのは忍びない。

「いい、の？」

「いいよ。ほら、時間がないだろう？　それともわざと時間切れにして、他の誰かに達する顔を見せたいのか？」

「そんなのっ……いやだよ」

「だったら、おいで？」

手を伸ばされて、愛花は戸惑いつつそれを取る。向かい合う格好で高瀬の腰へ跨がると、自分で熱塊を秘裂にあてがった。

「ん……ぁ……、ぁはんっ……！」

ぬりゅ……と彼のつるりとした傘の部分が蜜孔を押し拡げ、そしてゆっくり隘路を開いて進んでくる。高瀬の両腕が落ちないように愛花の腰をしっかりと支え、まさに挿《い》れているその瞬間を見つめていた。

（挿《はい》ってくる……ああ、見られてる。挿っているのを、見られて……る）

体の中に熱い棒が突き刺さってくる感覚に身震いした。細かい襞が高瀬の雄を包み込み、ピクピクと動いているのが分かる。

「相当欲しかったんだな。俺のをいやらしく締めてる」

「い、わないで……そんな……あぁ……ああ……」

腰を前後にくねらせると、高瀬の熱塊が愛花の気持ちいい部分を抉《えぐ》った。同時に彼の茂みが秘珠を撫で、絶え間ない快感を生み出してくる。

「あ、あぁ……尚樹さん……すごい……あぁぁっ！」

高瀬の両手が愛花の腰を掴んで上下に動かし始める。強い刺激に腰がビクンと跳ね、愛花は彼の首にしがみつく。そうしていないと後ろへ倒れてしまいそうだった。

「愛花……締まる。すごいよ」

「やっ……あっ、あっ、あっ、そんなにしたら……私……あああぁっ！」

イってしまう、と言う前に、愛花は達していた。大波が押し寄せるように膨れた快感が、狭道を痙攣《けいれん》させて脈打つ熱棒を食い締める。体が溶けてしまいそうな強烈な喜悦に全身が震えていた。ふわふわとした浮遊感がいつまでも続く。

蜜路で広がる甘重い心地よさに、自分が陶酔しているのが分かる。そしてその顔を高瀬が色っぽい視線で見つめていた。

「イったのか？　いいねぇ、その顔。かわいいよ」

高瀬が愛花の首筋に口付けながら、弛緩《しかん》してぐったりともたれかかる体を抱きしめてく

れた。考えてみれば高瀬は達していないようだ。まだ愛花の中で大きく硬く熱を持ったままだ。

「あの、尚樹さんは？　どうするの？」

「どうって、ちゃんと出すよ」

愛花は椅子から下ろされる。さっきまで熱い棒が入っていた隘路には、まだ高瀬の感触が残っていた。気付かれないようヒクヒクと蜜園を痙攣させると、奥が切なく求めているのが分かる。

そうして高瀬の前で膝を突かされると、愛花の顔の前に滾った熱塊を突きだしてくる。

「愛花の口で出すよ。いいだろう？　自分の蜜を口で舐《な》め取って。前にもやっただろう？」

以前は会社の会議室で高瀬のものを咥《くわ》えた。あのときも昂奮してたまらなかったのを思い出す。

自分の愛液がたっぷりと付いて濡れたそれを、戸惑いながらも口へ含む。甘酸っぱい臭いが口いっぱいに広がり、舌で丹念に舐めていると高瀬の味へと変わってくる。

「いいよ……愛花。上手いな」

彼の声が少し弾んでいる。艶《なま》めかしく高瀬の腰が動き始め、両手で頭を押さえるようにして髪をかき上げられた。口の中に入っていくところを見たいのか、高瀬が愛花の口元をじっと見つめている。口に入りきらない部分は、両手を使って懸命に愛した。

「尚樹ひゃん……んんっ……これ……きもひいい？　んっ、は、ぁっん」

「気持ちいいよ……吸って……そう。裏の方に舌を這わせて……いいね。ああ……愛花、出そうだ……」

口の中で高瀬の剛直がビクビク震え始め、何かを訴えていた。激しく腰を動かしたい衝動を我慢している彼の表情は、愛花を存分に掻き立てる。そして、愛花の口の中で次々に生まれる快楽を拾い上げるようにゆっくりと彼が動き始めた。喉の奥を高瀬の熱塊が突き上げ、生理的な涙が瞳をこぼれ落ちる。

「出る……っ、んっ！」

亀頭が口蓋《こうがい》を強く押し上げたと思うと、高瀬がグッと腰を引いた。しかし愛花が頭を引いたのが同時で、勢いのまま熱塊が口腔を飛び出してしまう。愛花の目の前を、先端から吹き上がる熱いものがスローモーションのようにはっきりと見えた。

「あ……っ！」

顔に高瀬の白濁を浴びながら、それに感じてしまった愛花は自らの肉腔をひくつかせた。

高瀬は剛直から出るそれを止められずに、びゅくびゅく、と何度も吹き上げ、全てを愛花の顔へ出してしまった。頬を伝う彼の情熱が愛花の唇を割って入ってくる。

「あ……ふ、ぅぁ……ごめん、なさ……口、外しちゃった」

高瀬の匂いに染まった顔を向けると、いつもより感じているのかエロティックな彼の顔がある。

「時間がないのに、愛花はもう……っ」

子供の粗相《そそう》を叱るような声音なのに、彼の表情には怒りがない。それどころか、ドロリとした色欲に染まった瞳に捕らえられ、愛花のドキドキは膨れ上がる。デスクの上にあるティッシュで顔を拭ってくれたが、唇の近くを濡らした白濁は指で掬い上げ、その指を舐めさせられた。

「さあ、そろそろ三十分だ。そんなエッチな顔で自分のデスクへ戻るなよ？　このフロアの洗面所なら他の社員は使わない。顔を洗って帰るといい。ほら、立って。デスクの上へ座って？」

促されて社長用の大きなデスクにお尻を乗せる。もう時間がないというのに、高瀬が愛花の膝頭を摑んで左右に大きく開いた。

「な、尚樹さん」

「大丈夫。濡らしたまま下着を着けると気持ち悪いだろう？　だから今度は俺が綺麗にしてやるよ」

社長デスクで足を開いた愛花の濡れた秘裂から、まるで親猫が子猫の始末をするように、高瀬が愛液を舐め取っていく。

「やっ……あぁっ、そんな、の……だめ……だめだよ……そんなにしたら……また！」

だがその舌先がときどき秘珠を遊ぶように舐めるから、いつまで経ってもその蜜が止まることはない。感じすぎて腰がビクビク跳ねた。

「舐めたあとから濡らしたら、ずっと終わらないぞ？」

高瀬の色気たっぷりの笑みにまた感じ、秘裂からじゅわんとあふれ出たのが分かった。

「お、終わるまで……舐めて」

目眩《めまい》がしそうなほどの愉悦に落とされながら、愛花は自らの秘裂を高瀬の口へ押し付けたのだった。

第八章　突然の告白

新しいプロジェクトに参加して、高瀬の力になりたいと思っていた愛花だったが、まさか社長室であんないやらしい行為をするなんて考えもしなかった。

会社ではあまり顔を合わせられないと思っていたが、しかし会えば濃厚な接触をしてしまい、仕事中でもそれを思い出してしまう。

(しっかりしなくちゃだめなのに、尚樹さんのせいで会社に来ると思い出しちゃうよ。私……どんどんエッチになっていくみたい。尚樹さんのせいなんだからね)

自分のデスクで入力業務を行いながら、ひっそりと頬を赤らめつつ高瀬に恨み言を呟《つぶや》いた。

そんな愛花に声をかけてきたのは、最近忙しさに拍車が掛かっている颯真だった。

「小牧さん、これちょっとお願いできるかな？　あれ、顔が赤いけど、体調よくないの？」

颯真のサポートをするようになってから、愛花は彼のあることに気付き始めた。例えば今みたいに、愛花のちょっとした変化を見逃さずに声をかけてくれるのだ。しかしありがたい反面、しっかりしなくちゃ、というプレッシャーがかかる。それにたまにしか社内で会えない高瀬をうっとりと見惚《と》れていられなくて少し残念だった。

（颯真リーダーってよく気がつくしやさしいんだよね）

「あ、はいっ。大丈夫です。ご心配ありがとうございますっ」

颯真に呼ばれて顔を向けると、彼が忙《せわ》しなく白い紙袋をデスクに置いてくる。

「これ、スタジオＰＢさんに持って行って欲しいんだけど、今やってる仕事、誰かに引き継げる？」

「あ、はい。大丈夫だと思います。それで、スタジオＰＢさんって……」

「あ、そうか。小牧さんはこのスタジオは初めてなんだね。えっと、ああ、これ……地図があるから、分かるかな？」

そう言いながら、颯真が引き出しからスタジオのパンフレットを出してくる。表紙には青空を背景に、英国洋館の建物が映っていた。裏を見るとスタジオまでのアクセスが書いてあるようで、これを持って行けば迷う心配はなさそうだ。

「それで、袋の中身ってなんですか？」

「ああこれね。Ａプロジェクトの広告撮影で使う予定の商品なんだけど、持って行ったものがサイズ違いで少し写真写りがよくないらしくて。それでやっぱりちゃんとしたのが欲しいみたいなんだ」

「そうなんですね。分かりました」

愛花は颯真から紙袋を受け取った。よくサラリーマンが持っているビジネスバッグと同じくらいの大きさの袋だが、中身は布なので重くはない。

「これ届けてもらってこっちに帰ってきたら退社の時間を過ぎるし、今日は現場から直帰でいいよ。一応、現場に到着してこれを渡したら僕の会社用の携帯に連絡をもらえる?」

「はい、分かりました。じゃあ準備をしてすぐに行ってきます」

「あ、待って。僕も所用で少し出るから、駅まで一緒に行こう」

「分かりました」

自分の席へ戻り、途中だった仕事の引き継ぎを菜奈に依頼する。彼女は快く引き受けてくれ、愛花は急いで帰り支度をして颯真と一緒に会社を出た。

都内の午後はなんとなくのんびりしていた。周囲はビルに囲まれていて、その中の人たちはみんな仕事をしているのだろうな、と思いながら歩く。普段仕事中に外出をしない愛花は、平日の午後に外を歩いているだけでなんだか気分が上がる。

「小牧さんが僕のサポートしてくれて助かるよ。やっぱり僕の目に間違いはなかった」

颯真と肩を並べて歩いていると、彼の歩くスピードが急にゆっくりになる。愛花に合わせてくれていると気付いた。そんな細やかな気遣いが仕事ぶりにも現れているから、やっぱりすごいなと愛花は思う。

「でも私、颯真リーダーの役に立てているのか自信がないです」

正直な気持ちを伝えると、彼は愛花の方へ頭を傾け柔和に微笑んだ。

「これでも僕は、人を評価する目に自信があるから。そんな風に思わなくてもいいよ」

彼の微笑みに目を奪われていると、頭の上へ手を乗せられポンポンとやさしく撫でてくる。思わずドキッとして、愛花は目を見開いた。

その視線がいつもより熱のこもっている気がして、愛花はふっと目を伏せる。

（なんか、今日の颯真さん、いつもと違う気がする）

彼が頭に触れてくるなんて初めてで、その行動に違和感を覚えつつ黙り込んだ。

「ごめんね。頭なんて触ったら、セクハラだって言われちゃうかな？」

「いえっ、べつにセクハラだなんてっ！　颯真リーダーがそんな人じゃないって知ってますから！」

愛花は慌てて颯真の言葉を否定する。冗談だとは分かっていても、そんなのセクハラです、なんて言えるほど気は強くない。けれど彼がこんな冗談を言う人だとは思っていなかったのでちょっと驚いた。

「僕ね、そういうとこがいいなぁって思うよ」

「え？」

颯真が突然足を止めた。どうしたのかと思い、愛花の歩みも止まる。どこか切なそうな表情を浮かべる彼がこちらを見つめていたが、愛花には颯真がなんの話をしているのかよくわからなかった。

「小牧さんが人を見る目があってよかったって、ことだよ」

「ああ、そういうこと、ですか」

思わせぶりな表情と言い方に、愛花は変にドキドキしてしまった。

颯真の後ろを車が通り過ぎ、その風が愛花の髪を乱す。揺れた髪を耳にかけると、それを見ている彼の両目がやさしく細められた。

「よし、急ごうか」

そう言った彼は再び歩き始める。妙な胸騒ぎに焦《あせ》りながらも彼のあとに続き、颯真の意味深な表情と言葉が気になりつつも、そのあとはあまり口を開かずに歩いた。

会社の最寄り駅である青山一丁目で颯真と別れ、愛花は目的地の田園調布駅へと向かう。乗り継ぎは一回で片道三十分くらいだ。

今日はAプロジェクトのイメージモデルが、新ブランドに合った洋館で撮影しているらしい。有名モデルとだけ聞かされていたが、まだ名前は発表されていない。社内の人間が外部へ漏らすこともあるだろうから、と秘密裏に行われているらしい。

（私、モデルさんとかあまり知らないし、顔を見ても平気だって思われたのかな。それで現場へのお使いに任命されたのかしら）

芸能ネタに全く興味がない愛花は、有名モデルなんて顔も名前も知らない。テレビＣＭで目にすることがあっても「よく見る人だなぁ」くらいで、名前を調べようとは思わない。

愛花は自分が颯真に抜擢されてプロジェクトに参加させてもらったことを思い出し、後ろ向きな考えを振り払う。そして颯真からもらったパンフレットを見ながら乗車時間中の暇を潰した。

（すごいなぁ、ここ。なんだか別の世界だ）

このスタジオは全て本物のアンティーク家具を揃えている洋館らしい。豪華な調度品の写真が並び、その下には簡単な説明が記載されてあった。パンフレットを読むだけでも楽しい。いろいろな部屋があり、テーマごとに家具や置かれている小物も少しずつ違っている。

何気なくパンフレットの写真を見ていた愛花だったが、最後のページにウエディングドレスを着た女性の写真が掲載されていて思わず手が止まる。ワインレッドのソファの前で窓から外を眺めていて、自然光が純白のヴェールに眩《まぶ》しく反射していた。

パンフレット用のモデルだと分かっていても、彼女の幸せそうな眼差《まなざ》しに焦がれるような気持ちが膨れ上がる。

「結婚……か」

愛花にとって結婚はまだ現実味がないが、高瀬は適齢期だ。彼はどんな風に考えているのだろうかと、そんなことが頭をよぎる。周囲から急かされたりしているのかな、と思うと、途端に先の見えない将来に不安な気持ちが膨らむ。

（尚樹さんとはそういう話、しないよね）

そして七つの歳の差を今さらながら高いハードルなのかもしれないと思うのだった。

田園調布の駅に到着しておしゃれでレトロな印象の駅舎を出ると、都心とは違ってやたらと空が広い気がする。背の高いビルがないと圧迫感が違うから、それだけで空は大きく見えた。

目の前に三本の通りが放射線状に延びているのを確認し、愛花はパンフレットを取り出して確認する。

（えーっと……真ん中の通りだね）

手元の地図と見比べながら進んでいくと、周囲の家が全てお屋敷のような大きなものばかりで、感動のため息が止まらない。さすが田園調布、と愛花は圧倒されながら歩き続ける。

そうしているうちに目的の建物までやって来た。

（うわぁ、写真で見るより本格的！）

高い壁の向こうから、オリーブの木やトネリコの木々が顔を覗かせている。フランク様式の白い壁に黒い木組みの家が見え、その辺りだけ完全にノスタルジックな雰囲気に包まれていた。

敷地内までレンガの石畳が続き、アプローチ階段を上るとガーデンアーチに辿り着く。人の気配を感じなくて外界の音も聞こえないから、まるで本当に異世界へ迷い込んだ気持ちになった。

（この場所で合ってるよね？）

少し不安になりつつも、愛花は建物の玄関へ近づき扉を開ける。玄関ホールは広くて、車が二台は停められそうだ。足を踏み入れると少し埃《ほこり》っぽい匂いがして、歩くと足音が響いて床が軋《きし》む。壁は天井を含めてオフホワイトで統一されていて、明かり取りには縦長の大きな洋風窓が設えてある。

慣れない雰囲気に緊張していると、リビングへ続く白を基調にしたエッチングドアの向こうに人影が見えた。

「あの、すみません。なにかご用ですか?」

背後から声をかけられて、ひゃっ、と小さな悲鳴を上げて振り返った。

「あ、驚かせてしまってすみません。今、撮影中で、今日はここ貸し切りなんです」

黒縁の大きなメガネをかけた小柄なポニーテールの女性が、青いファイルを抱えて愛花を見つめている。

「あ、私、ソレイユ本社からこれをお持ちしました」

愛花は手にしている袋を差し出した。彼女は、ああ、と気付いたようで、ありがとうございます、と笑顔で受け取ってくれた。

「撮影中なんですけど、見ていかれますか? モデルさんが打ち合わせのときより少し痩《や》せてしまったようで、用意していたランジェリーがフィットしなくて……。これ、持って来ていただいて本当に助かりました」

「そうだったんですか。それにしても、ここの建物すごいですね」

映像制作会社のスタッフである彼女に促されながら、リビングへと続く扉を開けて中へ入った。

「このアンティーク館はほとんどの家具が本物で、文化財レベルなんですよ。だから撮影する方も扱いが難しくて大変なんです」

リビングの窓際に、金箔で縁取られた豪華な装飾の四人がけのソファが置かれていて、大きな縦長の洋窓にはベルベット生地でワインレッドカーテンがかけられてある。

（まるで映画やドラマでみるようなのばっかりだ。すごい）

愛花はさっきのスタッフの説明を思い出しながら、ドキドキしていた。

辺りはスチール撮影のためにしっかりと養生されており、室内でも土足厳禁らしくみんなスリッパを履いている。もちろん愛花もスリッパを渡され、すぐに履き替えた。

撮影スタッフやヘアメイク、部屋の中にはその他にも多数の人がいてゆっくり見学、どころではないようだ。ソファの上にはランジェリー姿の女性が座り、その後ろにはスーツを着た男性が立っているのがかろうじて見えた。

チラリと見えた女性はハーフのような顔立ちで、男性の手を自ら頬に当ててカメラ目線で微笑んでいた。男性は俯《うつむ》き加減で女性を見つめていて、その顔はスタッフが動かしたレフ板のせいではっきり見えなかった。

部屋の広さに比べて人が多すぎて少し息苦しい。それもそのはずで、モデルの近くを避けるようにして人が隅っこへ集まっているからだ。しかも撮影機材が多数置いてあるから、モデルの二人は人の隙間からチラチラとしか窺《うかが》えない。

「さっき、ようやくテスト撮影が始まったんですよ。それまでもう大変で……」

「なにかあったんですか？」

他のスタッフの邪魔にならないように彼女とヒソヒソ話す。部屋の中は緊張感が漂い空気はピリピリしていて、そんな中でカメラマンの声とシャッター音だけが響く。

「それが……モデルの女性が急に納得いかないからって撮影中断させたんですよ。彼女がモデルをする洋服とかランジェリーはものすごく売れるんですけど、現場では妥協を許さないことで有名なので、撮影は必ず押すんです」

彼女が手にしていた紙袋を、近くの男性スタッフに手渡しながら疲れたような口調で話してくれる。一瞬だけしかモデルの女性を確認することはできなかったが、美人で気の強そうな印象だった。

「ここは時間を決めて借りているので撮影が押すとまずいんですけど、こっちも強く言えないんですよね。瑞葉さんを起用したのが高瀬社長で、おまけに婚約者だって噂《うわさ》もあるんですよ。前に付き合ってたのは知ってるんですけど、別れたっていうのは嘘だったのかなぁ」

彼女は身長が低いながらなんとか撮影を見ようと背伸びをしている。愛花は自分の聞き間違いかと思い、なんですか？　と聞き直していた。

「あの、高瀬社長の、婚約者？」

「らしいですよ。あ、衣装チェンジかな。すみません、私ちょっと行かないとだめなので。よかったらもう少し見ていって下さいね」

ニッコリ微笑んだ彼女が前の人を押しのけモデルの方へ走って行くと、ソファに座っていたモデルが立ち上がる。長い手足はスレンダーで、その上に乗っている頭は小さく、何頭身なのか分からないほどだ。

「テストＯＫ。じゃあ次本番ね」

そんな声が聞こえて、さっきよりも現場が緊張する。撮影の邪魔をしないよう息を殺して見守った。

本番の声に、ソファに座っている彼女がゆっくりと後ろを振り返る。そしてスーツの男性の首へその長い腕を巻き付け、唇を触れあわせたように見えた。二人がゆっくり動く間、ずっとシャッター音が響いている。

周囲がなにも動揺しないのは見慣れているからだと、容易に察することができた。

しかし愛花の目にはそうは映らなかった。

「尚樹さん……」

男性の顔が目に入った瞬間、ひゅっ……と息を飲み、あまりの衝撃に両手で口を押さえる。首に腕を回した彼女の腰を、彼は抱えるようにして引き寄せていた。彼女と顔を近づけ、まるで恋人同士のようににこやかに会話をしている。

仕事だ、と言って愛花をホテルに残して瑞葉に会いに行ってしまった高瀬は、あのときも今のように彼女と微笑みながら朝まで時間を過ごしたのだろうか。

目が覚めて、ホテルの部屋に一人きり残されていたと知ったとき、悲しみよりも押し寄せる寂寥感に押しつぶされそうだったことを思い出す。

愛花は混乱のまま瞬間的に背を向けた。まるで幽霊でも見てしまったかのような感覚だった。はぁ、はぁ、と小刻みに呼吸を吐き、過呼吸のような苦しさで、足元をフラフラさせながらそっと部屋を出る。

両手の指先がまるで氷水に浸かったみたいに冷えていった。なのに手の平にはジットリと汗が滲《にじ》み気持ちが悪くなる。呼吸が苦しくて胸の辺りをグッと摑んだ。

（瑞葉って……。どういうことなの？　……尚樹さん）

本当にショックを受けたとき、人はすぐに怒りなど湧いて来ないのだと実感していた。頭の中が真っ白になり、ただ動揺だけが広がる。その場から逃げ出すしかなくて、震える膝でアプローチの階段をなんとか下りた。そしてフラフラしながら歩き、頭の中にはいろいろなことが一気に駆け巡り混乱する。

少し歩いた先の路地へ入ると、どこかの家の壁にもたれかかって力なくその場へ座り込んでしまう。頭の中が整理できず、愛花はしばらくボンヤリとその場所で座ったまま動けなかった。

気付けばいつの間にか辺りは暗くなっていて、街路灯が点灯し始める。それを見上げれば、光はゆるゆると滲んでいき、自分が泣いているのだと知った。

「どうしよう……。ど……しよ……」

両手で口を覆うと、指の隙間にあふれだした涙が染みこむ。ひくっ、と喉が鳴り、高瀬から「さよなら」と言われる最悪の瞬間を想像して胸が痛くなった。息を吸っているのにひどく喉の奥が苦しくて、もうなにが本当なのか分からない。

やさしい声音で、何度も愛してると言ってくれた高瀬。

もう一方では周囲の目も気にせず、婚約者と言われる瑞葉とキスをする高瀬。

どちらが真実の顔なのか愛花には判断できない。

婚約者だと聞かされたあとに見た、あの二人の方が現実のような気がした。

しばらく座り込んでいた愛花は、バッグの中の携帯が震えたことで我に返った。ズズッと洟《はな》をすって、ノロノロとバッグの中に手を入れる。ラインアプリを立ち上げると、そこには高瀬からのメッセージを知らせる通知が光っていた。ドキッとして彼の名前をタップしてメッセージを開く。

『話がある。今から行ってもいいか?』

そんな簡素な一行だった。素っ気ないのはいつものことだが、あの場面を見て、婚約者かもしれない瑞葉の話を聞かされて、だから余計に「話がある」というひとことが恐ろしくてたまらない。

「どうしよう……返事」

返事の内容を考えあぐね、なにも思い付かなくて指が動かない。今まで「話がある」なんて言い方をされたことはなかった。彼からメッセージが来るのは希《まれ》だからすぐに返信をしたいのに。ドクンドクンと鼓動が重苦しく打つ。

だが手の中の携帯が返事を催促するように再び振動する。

「わっ!」

驚いて思わず声が出た。画面が着信を知らせるものに変わるが、アドレス帳には登録されていないのか、相手の番号だけが通知されている。一度切れても、また同じ番号から着信が続いたので愛花は焦り始める。

(誰だろう……尚樹さんじゃないだろうけど)

今は話せる状況じゃないのに、と少し迷ったが、恐る恐る応答ボタンをタップし、そろりと携帯を耳に当てる。

「はい……」

『もしもし？　小牧さん？』

聞き慣れない声に戸惑ったが、次の瞬間、ハッとする。撮影現場に到着したら連絡して、と颯真から言われていたことを今さらながら思い出した。

「颯真リーダー……すみません！」

愛花はのそのそと立ち上がり、涙に濡《ぬ》れた目と頬を慌てて手の甲で拭った。応答した声は掠れ、鼻声でみっともない。泣いていることが丸わかりの声に羞恥《しゅうち》を覚え、愛花は冷静さを取り戻していく。

『今どこにいる？　もうみんな撤収したのかな？　小牧さん声が変だけど、なにかあった？』

「あ、あの……たぶん、もう、撮影は終わってると、思います」

ずっと座っていたせいで足の感覚がない。フラフラしながら壁伝いに通りに出ると、洋館の門は閉まり明かりは消えている。人の気配もないので撤収したようだ。

（尚樹さんたち……帰ったんだ）

高瀬はもう自宅なのか、それとも彼女と帰路の途中なのかと考えを巡らせる。脳内では瑞葉とのキスシーンが繰り返されて、最悪の結果しか思い浮かばなかった。

（話があるってなんの話？　もう終わりにしようって、そういう話なの？）

そう考えて勝手に悲しくなる。確かめもしないうちから、高瀬に別れを告げられることばかりが脳裏を離れない。

『小牧さん？』

電話口の颯真の声で再び我に返った。辺りは暗く人通りもない。どのくらいこの路地に座り込んでいたのかと、呆れてため息が漏れる。

フラフラと駅の方へ向かって歩き出すと、感覚のなかった足に血流が戻り始め今度はビリビリ痺《しび》れてきた。一歩踏み出すごとに足先から痛みが這《は》い上がり、愛花は顔を歪《ゆが》める。

「だ、大丈夫です……」

『本当に？　そんな感じしないけど』

「いえ、本当に……」

「大丈夫そうには見えないよ？」

電話の声と生の声がダブって聞こえる。疑問に思った一秒後、暗がりから姿を見せたのは颯真だった。愛花は息が止まるほど驚いて立ち止まる。走ってきたのか、彼は少し息を弾ませ髪も乱れていた。

「颯真、リーダー……どうしてここに」

「どうしてはひどいなぁ。小牧さんを心配して来たのに」

ふう、とため息を吐いた颯真が、愛花の目の前で通話を切った。口元に笑みを浮かべながらも、彼の目は心配しているように見える。申し訳ない気持ちでいっぱいになった愛花は、彼の顔を見ていられず下を向いた。

「すみません。到着したら連絡を……って、言われていたのに。すっかり忘れていました。ご心配かけて……こんなところまで来させてしまってすみませんでした……」

「忘れた？　本当に？　かなり前に撮影部隊は撤収したはずなのに、こんな時間まで小牧さんはなにしてたの？」

「あ……えっと、別に、その……」

「近くにカフェなんてないし、この辺は普通の住宅街だよね？　知り合いが住んでる、とかでもないでしょう？」

颯真がわざとらしく辺りを見回す。彼は愛花になにかあったと知っているような口ぶりだった。

（なんて言おう……本当のことは言えないし、でも嘘は吐《つ》きたくないな）

能力を見込まれて颯真のサポート役に抜擢されたのに、お使いのひとつもできなくて、挙げ句の果てにここまで迎えに来させてしまった。きっと彼は内心ガッカリしていることだろう。

そんな自分が恥ずかしくて情けなくて、さっきとは違う涙が出そうになる。

「颯真リーダーは……」

「おっと、待って。外では颯真リーダーはやめてくれよ。颯真でいいよ。こんなところで立ち話もあれだし、駅へ向かいながら話そう。とにかく行き違いにならないでよかった。心配してたんだ」

颯真のちょっとしたやさしさが、今の愛花にはひどく胸に染みる。そして彼に促され、歩き出そうとして足元がふらついた。

「あっ……！」

「おっと……どうしたの、大丈夫？　もしかして、気分が悪くて動けなかった？」

心配そうに顔を覗《のぞ》き込まれ、涙の跡を見つけた彼は怪訝《けげん》な表情を浮かべた。こんな姿を見られるのは本意じゃない。だからどうか気付かないで、と心の中で何度も呟いた。

「平気です……その、本当に」

颯真に顔を見られまいと体を離し、背を向けようとして腕を掴まれる。反射的に自分から顔を上げ彼を見てしまった。

「じゃあ、なんで泣いてたの？」

それまでは上司としての話し口調だったのが、急にいつもと違う声音に変わりドキンとする。さらに一番されたくない質問に、愛花は口を噤《つぐ》むしかなかった。

「撮影所でなにかあった？　もしかして、――高瀬社長と瑞葉さんを……見た？」

思いがけない颯真の言葉に、大きく目を見開いた。彼は表情ひとつ変えないで愛花を見ている。その瞳の奥をどれだけ探っても、彼の真意は全く読み取れない。

「は……あの、颯真、さん……？」

ありったけの疑問符が頭の中でグルグルと回る。彼が言わんとしていることを愛花は理解したくなかった。

「小牧さん、社長と付き合ってるんだよね？　僕、知ってるんだよ。別にそれを問い詰めるつもりはないけど、一応、社内恋愛禁止だからさ。あ、もちろん誰にも言ってないから」

全て見透かしたような颯真の瞳に、愛花は動揺が隠せない。

「なん、なんで、どうして……」

もしかして会議室での声を聞かれたのか。それとも……高瀬のマンションから出て行くところを見られたのか？　そもそも、颯真が高瀬の自宅を知っているのかどうかも分からない。

愛花は驚きのあまり瞬きをすることも忘れて彼を見つめる。颯真はやさしげに、だが少し悲しそうな目でこちらを見下ろしていた。

「分かるよ。高瀬社長を見ている君を、ずっと見ていたから」

「え？」

ドクンと鼓動が大きく波打つ。さざ波のように揺れていた感情が、颯真のひとことで不思議な波紋を描いた。それはどこまでも広がり愛花を動揺させる。

「僕がずっと、小牧さんを好きだったこと……知らなかったでしょ？」

湿った風が街路樹を揺らすと、葉の擦れる音がさわさわと大きく響き、それがやけに耳に付いた。

言葉はなにも見つからない。

颯真の手の甲が頬に近づき、そっと撫でてくる。

少し冷たくて、だけどその感触は労りと慰めに満ちていた。

高瀬にも同じようにされたことを思い出すと、驚いて止まっていた涙は、ダムが決壊したかのようにあふれ出す。

「ふっ……うぅっ」

「高瀬社長なんてやめた方がいい。そうやって、泣かされるから」

泣き顔を見られるのが嫌で、愛花は両手で顔を覆って俯《うつむ》いた。だが颯真に両方の手首を握られ、顔からそっと外される。そしてみっともなく歪《ゆが》んだ唇と、見せたくもない泣き顔を彼の前に晒《さら》してしまった。

「そ、颯真さ、や……やめ……」

「同じ社内恋愛するなら、僕と……僕を、好きになって欲しい」

ひときわ大きく風が吹いた。

手首を摑まれたまま、彼の真っ直ぐな瞳が迫ってくる。

渇いた唇が愛花の唇に触れた。その瞬間、また一粒、頰に涙がこぼれ落ちる。

「愛花ちゃん、僕じゃだめかな？」

颯真の腕に抱きしめられ、濡れて冷えた頰が彼のスーツに触れた。

心の一番脆い部分を颯真に摑まれて、傷付いた愛花の心にそっと寄り添ってくる。

高瀬とは違うコロンの香りが鼻孔を掠《かす》める。それが愛花を余計に悲しくさせた。

（これが尚樹さんだったら、よかったのに）

キスをされるのも抱きしめられるのも、自分の弱い部分を知られるのも、全部高瀬でなければ意味がない。そう思うと、胸の奥が締め付けられるように苦しくなった。

「帰ろうか」

颯真の声に小さく頷き、一緒に歩き始める。

駅までの道すがら、颯真はずっと愛花の肩を抱いていた。告白の返事を愛花の口から聞き出そうともしないし、それを待つ様子もない。そして彼がこのタイミングでどうして気持ちを打ち明けてきたのか分からなかった。

(尚樹さん以外の人に、こんな風にされて――なにしてるんだろう)

徐々に冷静な気持ちになっていったものの、全てを受け止めて考える余裕はない。しかし肩に乗せられた颯真の手はやんわりと外すことができた。彼は少しこちらを気にしたようだったが、なにも言うことなくそのまま隣を歩いていた。

住宅街は静かで人通りもなく暗い。明るくなくてよかったと愛花は思う。こんな顔を他の誰にも見せたくないし、颯真にだって見られるのは嫌だ。

(もう十分みっともないけど、これ以上は醜態を晒《さら》したくない)

駅に到着するまでには腫《は》れた目をなんとかしたいと考えていると、隣を歩いていた颯真の足が止まった。

「小牧さん、タクシー来たから捕まえるよ」

「えっ、でも……駅もうすぐ――」

通りに出てあと五分も歩けば田園調布駅のはずだ。今さらタクシーはおかしいし、この場所から自宅まで乗っていくとなると少し長距離だ。

その理由を問いかける間もなく、颯真はタクシーを停めてしまった。

「はい、乗って？」

開いた扉の向こう側に立った颯真に、車内へと促される。だが自宅までのタクシー代を払えるほどお金を持っていない愛花は躊躇《ちゅうちょ》した。

「颯真さん、私、今日はそんなに持ち合わせがないので、家までタクシーでなんて、帰れないです」

「平気、僕が出すから。だからお願い。乗ってもらえるかな？」

感情の読めない彼の笑顔。少し不安になったが、このままタクシーを待たせるわけにはいかず、愛花は仕方なく車に乗り込んだ。そのすぐあとに颯真も乗り込んで来ると、扉がバタンと閉められた。

運転手に家の住所を伝え、カーナビに愛花の自宅付近までのルートが検索される。

「お客さん、この時間は渋滞するので……少し掛かるけど大丈夫ですか？」

運転手がこちらを振り返って聞いてくる。それもそうだ。昼の空いている時間なら五千円もあれば着くだろうが、今は一番渋滞する時間帯である。

「大丈夫です。車、出して下さい」

颯真の返答にタクシーの運転手は頷《うなず》き、車を発進させた。

「颯真さん、タクシーなんてよかったんですか？　電車、まだありますけど……」

時間は二十時を過ぎようとしているが、いくらでも電車はある。そもそも駅を目の前にタクシーで帰る意味が分からない。

愛花の問いかけに、颯真は愁いを含んだような表情でクスッと笑った。

「そんな顔のままで、小牧さんを電車に乗せるわけにはいかないでしょ？」

意外な返答に、愛花は思わず自分の頬に手を当てる。さっき泣いてしまったせいで、ひどいことになっているのかもしれない。

「あっ、あのっ！　気を遣っていただいて、すみませんっ」

一体どうなったのかと、愛花は慌ててバッグからポーチを取り出した。そして颯真に背を向けるようにして薄暗い中で鏡を開く。映し出された顔は想像以上にひどかった。マスカラが取れて目の周りは黒くなっているし、アイラインも流れている。瞼《まぶた》は腫れてすっかり一重だ。擦った目元は赤くなっているし、こんな顔を見られていたのかと思うと死にたくなる。

（うわ……もう、最悪だ。こんな顔の私に、颯真さんは好きだなんて言ったの？）

もうどこから修正したらいいのか分からないほど崩れている。足掻《あが》いて直しても無理だと感じた愛花は、黒くなった目の周りのマスカラを拭き取ると、それ以上はなにもしないことにした。

（こんな顔で確かに電車には乗れないな。それに化粧室に入るっていっても、メイクを全部取ってからじゃないと直す自信ない）

慌てながら目元を拭いていると、背後でクスクス笑う颯真の声が聞こえた。

「颯真さん……こんなひどい顔、よくまともに見てましたね」

笑われたことが恥ずかしくて、やけになって言えば、そうでもないよ、と返事が聞こえた。彼の言う、そうでもないよ、の意味はさっぱり分からない。

「僕はメイクしてかわいい君も好きだけど、泣いてぐちゃぐちゃになってるのも、悪くないと思うよ。会社では見られない君だからね」

あっさりと恐ろしいことを言われて固まった。いくら背を向けているとはいえ、返答に困るようなことを簡単に口にしてくる。

今さらながら颯真の性格を思い知った。仕事面ではそつがなく、どんなイレギュラーでもさらっとこなし、あまり核心に迫った発言をしない人だと思っていた。しかしここ数分の間で愛花に見せた態度や言葉は、今までの印象をことごとく覆すのに十分だった。

（こんなの、反則だよ）

今までこの本性を隠していたのか、とそう思うとガックリと肩の力が抜ける。

「別に、完璧に直さなくてもいいよ？　僕はもう見てしまったし」

「な、直しません……。パンダ目だけ、拭きました」

背中を向けていた愛花は、ポーチをバッグへ仕舞いながら正面を向く。しばらく沈黙が続き、口火を切ったのは颯真だった。

「それで、僕になにか聞きたいことがあるんじゃない？」

彼は正面を向いたままだ。颯真との間にある空気が一瞬歪む。それでも聞かないわけにはいかなかった。

「撮影現場に高瀬社長がいるって、颯真さんは知ってたんですか？」

仕事とはいえ高瀬と瑞葉のキスを見た愛花は、彼らが以前付き合っていたかもしれない、またはまだ付き合っているかもしれない、という懸念を抱いた。婚約者なのかもという話にも混乱していた。結局、颯真の言葉がだめ押しになった。

(尚樹さんと彼女がいるのを分かっていて、二人がどんな撮影をするかも知ってたのに、私を行かせたってことになる)

——高瀬社長と瑞葉さんを……見た？

颯真の言葉を思い出して、お腹の奥がカァっと熱くなる。それが悔しいのではなく怒りの感情だった。

（知ってて、わざと私を行かせた？　――そんなのってないよ）

そんな疑問が頭に浮かぶと、もうそれ以外を考えられなくなった。

彼は愛花の質問には黙ったままで、なにか考えているようにも見える。そして痺れを切らせて口を開こうとした愛花の手を、颯真はそっと握ってくる。

「……っ」

驚いて思わず体が緊張する。隣に座る颯真を見られず、愛花は目を泳がせながらもその手を振りほどけなかった。鼓動が一気に跳《は》ね上がり、手の中にじわりと汗が滲《にじ》んでいく気がする。

「知ってたよ」

タクシーが信号に引っかかったタイミングで颯真が返事をした。

「どうして……どうして知ってるのに、私を行かせたんですか？　二人が……二人の関係を私に見せて、傷付けたかっただけ、なんですか……っ」

胃の辺りが熱くなったかと思うと、今度は喉《のど》の奥がツンと痛くなる。なにもかも知っていたのに、あの現場へ行かせた颯真に腹が立つ。

声を震わせながらなんとか最後まで言い切ったが、いくら奥歯を噛《か》みしめても涙があふれ出る。摑まれている手の中から抜け出そうと足掻いても、彼は力を緩めてくれなかった。

「颯真さん、なんとか言って下さい。颯真さっ……」

「あれが現実だよ」

さらに強く握られ、颯真が愛花の方を向いた。彼の目は真剣で、その中には怒りさえ感じる。いつもは大人っぽく見える彼が、自分の感情をコントロールできずに戸惑っている風にも見えて、愛花は余計に混乱した。

(どうして……なぜそんなことをするの?)

彼のしていることが全く分からない。愛花を傷付けると知っていてどうしてそんな残酷な仕打ちができるのか。

「高瀬社長は女遊びが激しいって噂《うわさ》があった。でもそんなの僕とは関係ないし、会社の経営に影響を与えるような事件を起こさなければ、好きにやればいいとは思ってた。だけど……その相手が社内にいて、小牧さんだと気付いたとき、一瞬で理性が崩壊したね」

「颯真さん……」

「僕は君が好きだから、あの人だけには近づいて欲しくなかったんだ。自分勝手だと思うだろうけど」

彼の声も握られている手も微かに震えている。いつもちゃんとセットされている前髪が崩れ、俯いてる彼の横顔は目元が隠れていた。だがその声と噛みしめる唇を目にして、嘘ではないと察した。

「あの人の、本当の姿を見たら……小牧さんも目が覚めるんじゃないかと思った。実際、彼はどうだった？　君が泣くような結果になったんだよね？」

ふい、と顔を上げた颯真の顔は、今までに見たことのないくらい弱々しく、それでいて傷付いたように悲しげな表情だった。

彼のしたことはひどいと思う。知っていてそう仕向けたのなら怒って当然だ。だがなぜか愛花は怒りをぶつけられなかった。

好きだと言われたのは驚いたし、嫌な気分ではなかった。颯真のおかげでひどく傷付いたけれど、いつかは知る事実だったかもしれない。だから今度は逃げ出さないで自分から高瀬に真実を聞くしかないのだ。

颯真に対する憤りも落胆も消えることはないが、彼と話しているうちにゆっくりと平静を取り戻していく。きっと問い詰めなければいけない相手は高瀬なのだ。

「全て知っていたのに私を行かせたんですよね？　颯真さんのしたことは、ひどいことだと思います」

自分の感情のために、愛花を傷付けるような方法で高瀬との間を壊そうとした。それがどれだけ自分本位で一時の感情であるかは、きっと颯真本人が一番思い知っているのだろう。

「君の言うことが正しいよ。僕は小牧さんが傷付くと知ってあの場所へ行かせた。弱ったところをやさしくしてつけ込もうとした。卑怯《ひきょう》だし最低だと思う。もっと……本当はなじってくれてよかったんだよ」

傷付いたような表情を見せる颯真に、そんな顔をするのはもっと卑怯ですよ、と言えれば、彼は俯いて、ごめん、と謝った。

「不意打ちでキスなんかしたことも、もっと怒ってくれてよかったのに。ビンタの一つもしたってよかったんだ」

「一つだけ聞かせて下さい。颯真さんの……気持ちは分かりました。でもその気持ちと、今回、颯真さんのサポートに付いた件は、なにか関係がありますか？」

「それはっ……ない、と言っても、信用できないだろうね」

「無理ですね」

颯真はどこか吹っ切れたように微笑み、それは愛花も同じだった。高瀬と瑞葉のことで取り乱し、颯真の告白でさらにパニックだったが、今はやけに落ち着いていて冷静に考えられている。だから颯真に握りしめられている手の中から、逃げるように出て行くのではなく、そっとやさしく抜け出すことができた。

「でも、下心がなかったって言えば、嘘に聞こえるだろうけど。仕事面でよくやっているっていう評価はしていたし、だから抜擢した」

「分かりました」

「やけに物分かりがいいね。逆に不安になるな」

空笑いをする颯真に釣られて、愛花も微笑んでいた。車に乗る前とは全く違う感情に自分でも笑えたのだ。そして彼のおかげで気付かされたこともあった。

「颯真さん、返事……今してもいいですか？」

「えっ……早くない？　今ここで？　車の中で？」

動揺する颯真を見て愛花は声を上げて笑った。そんな彼は初めて目にする。今日は初めてのことがたくさんだな、と考える余裕まで出てきた。

「そんなに動揺します？」

「いや……だってさ、告白してすぐにフラれるって分かってても、やっぱり寂しいなと思って」

「フラれるって、分かってるんですか？」

「まぁね」

車内の空気が軽くなったな、と感じたとき、車が減速を始める。運転手に「この付近ですか?」と聞かれて、颯真との会話は終わってしまった。

結局、彼にははっきり返事をしないまま自宅マンションの前に到着した。だがもう好きも嫌いも、なにを言わなくても颯真は分かっているようだった。

「本当によかったんですか? 私、タクシー代で五千円以上払ったことないですよ」

「うん。僕もない」

「えっ」

タクシーから降りたマンション前でそんな会話をする。声が響くのも構わず愛花は笑っていた。そしてふと気になったのは、ここまで同乗してきた颯真がどこに住んでいるかだった。

「あの、颯真さんのご自宅ってこっち方面ですか?」

「いや、僕は千葉だよ」

「えっ」

驚いてそれ以上声が出ない。一体、この人はなにを考えているのだろう、と頭を抱えたくなった。

「ほら、まだ電車ある時間だから」

田園調布の暗がりで愛花が言った同じ言葉を彼が口にする。それで再び笑い合い、会話が途切れた。

「じゃあ、僕は帰るよ。その、今回のことは本当に悪かった。でも、仕事は仕事で今後も……変わらずにお願いしたいんだ」

「それは、分かってます。送って下さってありがとうございました」

愛花が頭を下げると、最後に……と颯真が口を開いた。そしてさりげなく愛花の肩へ手を乗せる。

「もう一度、キスしたいって言ったら、君は怒るかな?」

甘い雰囲気を漂わせた颯真が見つめ、顔を近づけてくる。だが愛花は拒絶の意思を持って、瞬きをせずに彼の目から視線を離さなかった。寸前まで近づいたが、距離はそれ以上縮まらず、ゆっくりと離れていく。

「ああ、やっぱり。そうだよね。ここで気を許してキスするような、そんな君じゃないか」

「ないです」

降参、とため息と共に颯真が両手を離す。一歩下がり、今度は会社でよく目にする、あの感情を読ませないいつもの笑顔を浮かべていた。

「高瀬社長とのこと、今まで黙っていて下さってありがとうございます。彼との今後は私が自分で話して、ちゃんと判断するつもりです。きっと、いつかは知ることだったんだと思うんです」

「そんな風に言ってくれるんだ。結構ひどいことしたのに」

「高瀬社長との関係がだめになっても、颯真さんとどうこうなるっていうのは、きっとないと思います」

仕事ができて悪い人じゃないけれど、颯真を恋愛対象として見ることはないだろう。あんな二人の姿を見た今でも、愛花の心の中には高瀬しかいないのだ。

「分かったよ。余計なことをしちゃったのかな」

颯真は苦笑いを浮かべ、ふう、と大きく一つため息を吐いた。

「じゃあ、明日会社で」

「はい。お休みなさい。気を付けて帰って下さいね」

愛花に向かって微笑み、背中を向けた颯真は駅の方へ歩いて行く。彼はもうこちらを振り返ることはなかった。愛花はその後ろ姿が暗闇に溶けて見えなくなるまで見送った。

第九章　心の霧が晴れるとき

　疲れたため息を吐いてマンションのエントランスを抜けると、エレベーターホールに人影が見えてビクッとして立ち止まる。高瀬かと思ったが、そのシルエットは女性のものだった。

「お疲れ様です」

　長い黒髪を左サイドにひとまとめにし、髪と同じ色のフレアワンピースを身に着けた女性が声をかけてきた。脚は細くて長いし、はっきりした目鼻立ちは瑞葉を思い出させる。

（この人、誰？　私、知り合いにこんな人……）

　もしかしたら自分の後ろに人がいるのか、と思って振り返ってみたがそこには誰もいなくて、どうやらやはり愛花に声をかけたようだった。

「あの……私、ですか？」

「ああ、いつもと印象が違うと分からないですよね。私、衛本です」

　ニコリと微笑んだ彼女が近づいてくる。会社で見せる真面目で硬い印象の衛本とはずいぶん違っていた。今の彼女はまさに売れっ子モデル、という感じだ。恐らくメイクも会社に来ているときは変えているのだろう。

「あ……衛、本さん？」

近くで見ても半信半疑の愛花だったが、まさかこんなところで待っているとは思わず驚いてしまう。

「小牧さんのご自宅まで押しかけてしまってすみません。ご住所は人事の方からお聞きして、勝手に来させてもらいました」

「はぁ……そうですか。で、あの……私になにかご用ですか？」

もしかしたら、高瀬と付き合っていることを咎めに来たのかとも思ったが、ホテルで彼からの薔薇《ばら》の花束を渡してくれたのは彼女だし、それはないだろう。しかしそれ以外で思い付く理由はなかった。

「用……というよりも、お節介に近いかもしれないんですが。突然こんなことを聞くのは失礼かもしれませんが、社長が昔、お付き合いされていた方をご存じですか？　変な質問をしてしまってすみません」

「はい？　あ、えっと……」

瑞葉の妖艶《ようえん》な笑みと、高瀬の彼女を見る視線が脳裏に浮かび、思わず言葉を詰まらせた。

知っているのは今日の出来事と、思い当たるのはあのホテルの件だけだ。高瀬とは上手く行っていると思っていたから、昔の彼女の話を聞こうとも考えなかった。

「瑞葉という女性です。彼女とは今、ソレイユの新ブランドイメージガールとして専属契約しています。カタログからテレビのＣＭまで、あらゆる媒体に露出してもらう予定です。愛花さんも顔をごらんになったことがあるのではないかと」

衛本が肩にかけている鞄の中から茶色の封筒を取り出し、中身を愛花に渡してくる。愛花は戸惑いながらも受け取った。それはどうやら、瑞葉が今までイメージガールとして表紙を飾ったパンフレットのようだった。

「彼女は現在、化粧品や家電ブランドのＣＭだけでも八本ほど契約しています。他にも海外でファッションショー関係などの仕事もしていてかなり多忙です。そんな彼女に、他の下着モデルはしない、という専属契約を結んでもらいました」

「専属……ですか」

衛本の話を聞きながら、愛花はパンフレットを開く。そこには様々な表情の瑞葉が写っていて、どれも目を惹いた。セクシーなポーズの瑞葉。薔薇の花に囲まれた瑞葉。他のモデルと肩を寄せ合い笑っている瑞葉。そしてアンニュイな表情の彼女へ、今にもキスをしそうなほど接近した際どいものもあった。それらを目にした愛花は思わず唇を噛《か》みしめ、写真から目を逸《そ》らす。

「専属で契約を結べたのは、それを頼み込んだのが高瀬だったから、と聞いています」

彼女の言葉にズキンと胸の奥が痛む。

彼らがどんな理由で別れたのかは知らない。しかし高瀬の隣に彼女が並べば、文句なしに似合いのカップルなのは安易に想像できる。

「瑞葉が関わったブランドや新商品は必ず売れます。それほど世間では名前が売れているんです。愛花さんのように興味のない方でも、彼女の魅力は分かると思います。社長と交際をしていたと知っている人間は少ないです。現在はもう別れているという話ですが……」

愛花は衛本がなにを言いたいのか分からなかった。瑞葉が売れっ子モデルだということと、瑞葉が高瀬の彼女だったこととの関係性が見えてこない。

「前の彼女が、瑞葉さんみたいな綺麗《きれい》な方だから、私は不釣り合いだから別れろって、そういう話でしょうか?」

感情のコントロールが上手くいかず、思わずトゲトゲした物言いになった。心の中はモヤモヤとした霧に覆われる。

確かに瑞葉と愛花では持っているものが全く違う。幻の獣といわれるユキヒョウと、その辺の野良猫くらい差があるだろう。でもだからといって、それを衛本に言われる筋合いはないはずだ。

「そう聞こえたなら、ごめんなさい。私はこれでも、社長の恋人が小牧さんのような方でよかったと思ってるんですよ。でも、今の言い方だとそうは聞こえないですよね」

彼女は申し訳なさそうに微笑んだ。愛花はそれをなにも言えずに見上げている。

「とにかく、私が言いたいことは一つです。会社の新ブランドのためであれば、瑞葉さんを全面的に押したいんです。だけど、彼女が恋人の座を愛花さんから奪おうとするなら、全力で阻止したいんです！」

いつもはクールな彼女だったが、後半は熱が入り胸の前で拳《こぶし》まで握っていた。衛本の意外な発言と熱の入りように、愛花は言葉を失ってポカンとする。冷静沈着で才色兼備な姿しか知らないから、こんな風に感情をあらわにする衛本を見るのは新鮮だった。

「そ、それでですね……」

自分でも照れくさかったのか、少し頬を赤くしながら右手でメガネのノットを押し上げる仕草をする。しかし今日の彼女はコンタクトなのかメガネはかけておらず、その指は鼻筋に触れただけで空振りした。

「あ、えっと……その、だから、今から私と一緒に来て下さい！」

よほど恥ずかしかったのか、顔が真っ赤になった衛本に腕をガッチリ掴まれた。

「え！　あの！　ちょ……ちょっと、え」

そのまま愛花はエントランスから引きずられるように連れ出され、マンションの駐車場までやってきた。衛本の後ろ姿を見ながら、意外とかわいらしい人なんだな、と思っていた。

「社長は今、瑞葉さんと一緒にいます。彼女は今回の仕事を請け負う代わりに、カメラが向けられているときは恋人として扱うなら専属契約をする、という条件を出しました。そんな名目で仕事を受けて、再び社長の恋人に収まろうと画策してるんです」

衛本のものらしい真っ赤なスポーツカーの前までやって来た。彼女は慌ただしくロックを解除し助手席のドアを開ける。

「画策って……今は、婚約してるって聞いたんですけど、違うんですか？」

愛花が不安げな表情で聞き返すと、衛本の眉間にビシッと深い縦皺《たてじわ》が走った。あからさまな怒りの表情に思わず怯む。

「とりあえず乗って下さい。車の中で話しますから」

どこに連れて行かれるのか分からないのに、半ば押し込まれるように助手席に座らされる。そして運転席に乗り込んだ衛本が目的地を口にした。

「社長のご自宅へ向かいますよ」

真っ赤なスポーツカーは二人乗りで、衛本の印象とはかけ離れた地を這《は》うような低くて重いエンジン音に驚いた。ブレーキ音を響かせ急ハンドルで駐車場を出ると、車は瞬く間に加速していった。

「運転、乱暴ですみません。急ぐので、ちょっと手荒に。あ、でも、捕まるようなことはしませんので」

忙しなくそう言いながら、あっという間に彼女は住宅街から広い国道へ出た。

「瑞葉さんが婚約者だというのは、恐らくネット上での噂《うわさ》ですね。あの二人は付き合ってはいましたが、婚約までは至ってませんよ」

「そう、なんですか。でも今……二人は一緒にいるんですよね？」

愛花の問いかけに苦い表情を浮かべた衛本が、ええ、と小さく返答した。高瀬の部屋に瑞葉がいる。なのに愛花には『話がある。今から行ってもいいか？』とメッセージを送ってきた。

（どういうことなの？　彼女と一緒にいるのにどうしてあんなメッセージ……）

いくら考えても分からなくて、愛花はしょんぼりと肩を落とした。

「今日の撮影、私は同行できなかったんですが、解散したあとはもう予定はなかったはずなんです。なのに、私が電話したときはまだ瑞葉さんと一緒にいらっしゃったようで。今日は会う予定はありました？」

「いえ、なかったですけど。でも、話があるから行ってもいいか？　ってメッセージは来たんです。だけどその……いろいろあって、返事はしてないんですけど……」

颯真のことが脳裏によぎり、よく考えたら不意打ちとはいえキスをされたんだな、と思い出し、苦い気持ちが胸に広がる。やっていることは高瀬と同じじゃないかと、罪悪感が胸を圧迫した。

「ああ、颯真さん……ですか」

衛本の「知っていますよ」というような口調に、愛花の鼓動はドキンと大きく鳴った。

「えっ、知ってるんですかっ」

動揺して彼女の方を向けば、さっきエントランスで颯真と話しているところを見ていたと言われた。衛本の角度からはキスをしているように見えたので、衛本はかなり焦ったらしい。

「でも焦ったって、どうして衛本さんが？」

「私、個人的に瑞葉さんが嫌いなんです。彼女は自己中心的で、周囲の誰からも注目されていないと気が済まない性格なので。振り回されるこっちはいい迷惑ですよ。横恋慕は当たり前。二股三股も当たり前。そんな人ですから、断然、恋愛に関しては小牧さんを応援したいんです。で、颯真さんとは……どういう関係なんです？」

「あ、颯真さんとは別になにも……。今日、告白されて、その……でもあのっ、私はなんとも思っていないので……」

「それ、社長には言わない方がいいですよ。あの人、ああ見えて結構サディスティックな面があるので」

彼女がなにかを思い出したような表情になったあと、その頬がゲンナリとしている。秘書の仕事ってなんだか大変そうだな、と想像のつかない愛花はそれ以上追求しなかった。

「それでも、隠していてあとからバレるのはいやだから、たぶん、言うと思います」

「そうですか……。じゃあ覚悟した方がいいですよ」

信号が青に変わると、ちょっと飛ばしますよ、という言葉と共に、真っ赤な車はぐんぐんスピードを上げていった。

高瀬のマンションに辿り着き、玄関ホールで番号を入れようとしたら衛本に止められた。

「ここでインターフォンは鳴らさないで下さい。直接、部屋へ行きましょう」

そう言って彼女はバッグからキーを取り出した。高瀬の管理は全て任されていますので、とキーを持ったままガッツポーズを見せる衛本は、なんだか逞《たくま》しく見える。

二人でエレベーターへ乗り込む。

「緊張していますか?」

「さすがに……しますね」

「じゃあ、段取り決めておきましょう」

彼女がニッコリ微笑み、高瀬の部屋に着いたあとの段取りを話してくれた。こういうところが秘書に向いてるんだろうなと、愛花は思う。

思わぬ展開になってしまったが、この際、わだかまりや疑問は全て解消してしまいたい。衛本が来ていなければ、きっと颯真とのことをいつまで経っても言えず、瑞葉と高瀬の関係も聞けないままで、ずるずると自分を騙《だま》し、最後にはなかったことにしたかもしれない。

そう考えると衛本の存在は本当にありがたかった。自分から行動できない情けなさも、思い切れない意気地のなさも、彼女には知られてしまったけれど、今は恥ずかしいなんて思っている場合ではない。

「着きましたよ。さあ、行きましょう」

「……はいっ」

ドクンドクンと鼓動が跳ね上がる。廊下を歩きながら、高瀬の住んでいる部屋の扉の前までやってくると、愛花は衛本の後ろに隠れた。

衛本が振り返って目を合わせて来る。頷《うなず》くと、細い指が部屋のインターフォンを押した。

高瀬の声が聞こえると思いきや、ややあって、出たのは瑞葉だった。その声に胸が締め付けられるように痛くなる。

ここに到着するまでは、高瀬の部屋に瑞葉がいるなんて本当は半信半疑だったのだ。実際はなにかの間違いで、衛本の思い過ごしだった、という結果ならいいのにと思っていた。けれど愛花の考えはあえなく打ち砕かれる。

（本当に……瑞葉さんが来てるんだ）

肩にかけたバッグの持ち手を両手で握りしめた。微かに手が震えていて、今にも涙が出そうだった。

「衛本です。夜分にすみません。高瀬社長にお話があって来ました。電話ではお伝えできないので、開けてもらえないでしょうか」

『…………』

瑞葉の応答はなかったが、その向こうで「勝手に出るな」という瑞葉へ注意する高瀬の声が微かに聞こえた。どうやら彼女が事情を話しているようで、ブツッと切られたあと、解錠の音が響く。

「衛本、なにか緊急？」

扉が開いて出てきたのは高瀬だった。自分の部屋だというのに、スーツを着たままでネクタイまで解いていない。機嫌が悪いのか、声が尖《とが》っていて眉間には深い皺が刻まれている。

「緊急です。電話では説明できないので来ました」

「まあ、それなら仕方ないけど……って、……愛花？」

彼女の背後からそっと顔を覗《のぞ》かせる。鳩が豆鉄砲を食らったような顔で驚く高瀬としばらく見つめ合い、開いた扉から強引に衛本が中へと入って行く。

「こ、こんばんは」

怖々そう言うと、彼は愛花の顔を見て怪訝《けげん》な表情になる。そういえばメイクがすべて崩れていたのを思い出した。こんなにひどい顔を見せたのは初めてだ。

（すごくびっくりしてる。尚樹さんに不細工って思われてそう）

内心ドキドキしつつ、けれどここは気をしっかり持たなくては、と衛本の後ろに続いて部屋に入った。

リビングのソファに座り込んでいる瑞葉と目が合い、彼女も愛花を見てあまりのみっともない顔に唖然としているようだった。

「衛本と愛花がなんで急に来るんだ？　変な取り合わせだな」

「社長、それよりも他になにか言うことはないですか？　愛花さんというかわいい恋人がいるのに、女性を部屋に上げている現状、どう説明なさるんです？」

衛本の尖《とが》った声が部屋に響く。リビングテーブルにはワインのボトルが並び、瑞葉はすっかり出来上がっているようだ。

「なんだ？　お前は俺に説教しに来たのか？　瑞葉はここで勝手に飲んでるだけだ。こいつ、外で飲むと問題を起こすからどうしようもない。この間もそれでどれだけ厄介なことになったか……」

高瀬は迷惑そうな顔で頭を抱えている。視線の先を辿れば、空き瓶《びん》が何本もテーブルに並んでいて、その向こうで瑞葉が新しいワインを開けてグラスに注いでいるところだった。

黒いレースのオフショルダー姿の瑞葉は、白く細い首筋と背中を大胆に見せている。ソファに長い足を組んで座り、黒いパンツの先から出ている足先も綺麗《きれい》にペディキュアが塗られていた。

横から見ても彫りの深さや睫毛《まつげ》の長さが際立ち、ふっくらした唇も存在感がある。酔っているとはいえ、振りまく色気は同性の愛花でもドキドキさせられてしまう。

そんな彼女と高瀬が昔恋人同士だったと聞かされると、お似合いのカップルだと納得してしまった。

「私に説明しないで下さい。するなら、愛花さんにですよ」

衛本に背中を押され、愛花は高瀬の前へ出る。チラリと瑞葉の視線を感じて体が硬直する。さっきまで言いたいことがたくさん頭の中にあったはずなのに、今は真っ白で言葉が浮かんでこない。

(ここってときに、どうしてなにも言えないんだろう)

唇を嚙《か》みしめて俯《うつむ》いていると、リビングソファに座った瑞葉があからさまにこちらを見上げてきた。完全に目が据わっていてかなり酔っている様子だ。彼女はすっぴんのようだったが、目鼻立ちがはっきりしているので、愛花から見ればメイクなどなくても十分に美人で迫力があった。

「え、まさかこっちのこの人が尚樹の恋人？　嘘でしょう？　だって……え？　やだマジ？　あはははは！」

バカにしたような言い方と酔っ払い特有の声の大きさに、思わず肩を竦《すく》めた。

「瑞葉、お前はもう帰れ」

「は？　また外で飲んでもいいの？　尚樹、昔みたいにチューしてよ。こんな変な女に捕まっちゃだめだってぇ。尚樹にはさぁ、もっといい女が似合うってば。ね？　例えば、あたしとか？」

フラフラしながら立ち上がった瑞葉が、ワイングラスを持ったまま高瀬に近づく。高瀬の隣に立った瑞葉が、抱きつくように腕を伸ばしたときだった。

「瑞葉さん、あなたは私と一緒に帰りますよ」

高瀬に触れる寸前で衛本がグラスを取り上げ、彼女の手首を掴む。据わった目が衛本を睨《にら》み付け、彼女の標的が衛本に変わったようだ。

「あっ！　もう！　あんた嫌い。いっつも尚樹の傍にいてさぁ。女なのにまるで男みたいじゃん。もしかして、あんたも尚樹のことが好きなわけ？」

今度は衛本に絡み始め、美人二人の睨《にら》み合いが続く。どちらも引けを取らないようだ。このままではどうにも収拾が付きそうにない。それに瑞葉がいれば話し合いは無理だ。

「私が専属契約をここで切るって言ったらどうするの？　ほとんど撮影も終わったのに、あれ全部使えなくなるんだよ？　それがどういうことか分かってるんでしょう？　私の名前で予告を打ち出して、なのに途中でモデルが変わるなんてイメージ悪すぎると思わない？」

挑発するように衛本に絡み始めた。そんな光景を見ながらも、愛花はなにも言えないでいる。

「瑞葉、お前は何様のつもりだ？」

彼女の横暴を止めに入ったのは高瀬だ。彼の表情は冷静に見えたが、その目は本気で怒っているようだ。

「尚樹ぃ……なんでそんなに怒るの？　だって、私が必要なんでしょう？　だからキスだってしてくれたんでしょう？　今日もこのあと、イイことするんじゃないの？」

高瀬が本気で怒っていると知っていて、右腕を衛本に摑まれているのにも関わらず、瑞葉は猫なで声でしなだれ掛かった。

「お前とは食事を数回しただけだろう？　嘘を吐くな。あんなものが付き合っていたといえるのか？　つき合っていると思っていたのも、早く結婚させようとしたのも、俺とお前の親たちだけだ。だが別れる原因を作ったのは瑞葉、お前だぞ」

高瀬の言葉に瑞葉がグッと唇を嚙《か》んだ。それでも彼女を見据《みす》えたまま高瀬が言葉を続ける。

「俺はお前の仕事ぶりだけは認めていた。妥協を許さないそのプロ根性だけは買ってたんだ。だが今回、専属契約にお前がおかしな条件を入れてくるからややこしくなったんだろう。はっきりと言っておく。俺はお前と恋人関係になることは絶対にない。永遠にだ」

きっぱりと言い切った高瀬に、瑞葉の顔色が変わっていく。今までの縋《すが》るような目つきから、高瀬を激しく睨むものへ変化する。

「なによそれ！　尚樹は私じゃないとだめじゃん！　こんな女の、どこがイイっていうの」

なにかが取り付いたような瑞葉の絶叫が部屋に響いた。驚いて油断した一瞬で、瑞葉の手が愛花の肩を突き飛ばす。

「きゃっ！」

足元のワインの瓶を踏んだ愛花は、そのまま床へ尻もちをついた。見上げると、瑞葉の恐ろしい形相に、ひっ、と息を飲む。

しかし愛花を庇うようにして高瀬が彼女との間に入り、その体で視界は塞がれた。

「瑞葉！」

高瀬の怒りに満ちた声に辺りの空気が凍り付く。彼は瑞葉に向かって手を振り上げたが、それを空中でピタリと止める。そして怒りを握りつぶすように拳を握った。

(だめだよ、尚樹さん！)

愛花は咄嗟《とっさ》に立ち上がり、高瀬の振り上げた腕にしがみついた。

今にも瑞葉を殴りそうだった高瀬が愛花を見つめ、なにかを考えながら怒りを押さえるようにして腕を下ろす。

「なによ？　その女の前だからってかっこつけないでよ……。なによ……それ」

「今回の契約で、お前が出した条件を呑んだのは俺だ。責めるなら俺だけにしろ。愛花は関係ない。……瑞葉、お前は一流のモデルだ。俺もそれを認めている。だからお前に仕事を依頼した。分かるだろう？」

高瀬の口調がやさしくなる。そして今にも噛み付きそうだった瑞葉の表情も、怒りから悲しみへと変わっていった。

（瑞葉さん、本当に尚樹さんのことを好きなんだ）

強がっているが、彼女の気持ちはきっと愛花と同じなのだろう。それを上手く伝えることができない不器用な女性なのだ。

衛本はそんな瑞葉の腕をまだ離さない。警戒心を解《と》かないままこの状況を見守っているようだった。しかし瑞葉は、愛花に殴りかかるようなさっきまでの勢いはもうない。今はただ力なくそこに佇《たたず》んでいるだけだった。

「なんでそんなこと、言うの……？　私は、尚樹を愛してるだけなのに……ねぇ、尚樹ぃ……お願いだよ。ねぇ……」

ボロボロと涙を流しながら高瀬を掴もうと必死に腕を伸ばしていた。

「この先、お前の手を握ることはできない。俺が愛しているのは、今もこれからも愛花だけだからな」

高瀬が愛花の体を引き寄せ、宝物を守るようにして腕に抱いてくる。大丈夫か？　と小さい声で気遣《きづか》われなんとか頷いた。

瑞葉は気が抜けてしまったような表情を浮かべ、もう衛本の手を振りほどくこともしなかった。

「社長、瑞葉さんは私が引き取りますから、愛花さんとしっかり話して下さい」

そう言いながら足元がヨロヨロしている瑞葉を、半ば抱えるようにして玄関の方へ行ってしまう。長身の瑞葉が衛本に支えられながら歩く姿は、撮影現場で見せていた自信たっぷりな姿とはほど遠い。寂しそうな彼女を見て愛花の心も痛くなった。

第十章　真実の気持ち

騒がしかったリビングがすっかり静かになると、落ちているワインのボトルやビールの空き缶を拾い、高瀬が部屋の掃除を始める。

「悪かったな」

リビングを片付けながら背を向けて謝罪してくる。いつもと変わらない声音だが、背中を向ける高瀬からは感情が読み取れない。

「怪我はなかったか？」

彼が振り返ってそう聞いてくる。

「う、ううん、大丈夫。転んだだけで痛いのはお尻だけだから」

その場に立ち尽くしていた愛花は気まずさを隠すように隅っこに鞄を置くと、一緒になって片付け始めた。

「お前から返事がないから、今日はなにか……用事があるのかと思っていた」

「あ、返事、しなくてごめんなさい」

ぎこちない会話をしながら、瑞葉が散らかしたリビングをテキパキと片付ける。テーブルの周囲とソファの上だけだったので、さほど時間はかからなかった。やることがなくなると今度は手持ち無沙汰《ぶさた》になって気まずい。

「手伝わせて悪いな。座ってろ。コーヒーを淹《い》れるから」

高瀬もなんとなく緊張しているようで、それだけ言い残すとキッチンへと入っていった。

（なにから言えばいいんだろう。どういう風に聞けばいいのかな）

二人のときはもっと素直になれていたはずなのに、今日はどんな言葉も噛《か》み合わなくなってしまいそうで怖い。

「聞きたいことがあるって顔だな」

しばらくして、白いマグカップにコーヒーを入れて持ってきた高瀬が、愛花の隣に腰を下ろしながら呟いた。

「あの、突然来ちゃって、ごめんね。私……ちょっといろいろあって、その、ちゃんと聞かなくちゃって思って」

「メイクがそんな風になるくらい、なにがあった？」

そう聞かれたが、彼はふと考えるような表情を浮かべ、違うな、と呟く。

「愛花の質問から先に聞くよ」

穏やかな高瀬の声に小さく頷き、愛花は一生懸命に自分を落ち着かせるようにコーヒーを口へ含む。

「尚樹さんは……瑞葉さんを、どう思っているの？　昔、彼女だったたっていうのはやっぱり本当なんだよね？」

衛本から聞かされていたが、これは高瀬本人の口から聞いておきたかった。

「あれが交際というならそうかもしれないが、瑞葉との肉体関係はない。二、三度食事をしただけだ。本格的に付き合う前に瑞葉に複数の男がいることが発覚して、それが原因で会うのをやめた。彼女に対して恋愛感情は今も昔もこれからもない。まあ仕事で付き合いはあるけど、今日も散々迷惑かけられて、事務所のマネージャーに電話をしようと思ってたところだ」

「彼女は、尚樹さんを本当に好きなの？　……私、田園調布のスタジオに行ったんだ。それで……見ちゃったから、どうしても……気になって、――ツラくて」

何度も頭の中で思い出したあのシーンが再び蘇る。高瀬には気持ちがないと思っていても、あんなシーンは見たくなかった。

手にしたマグカップを両手でぎゅっと握りしめる。胸が痛くなるのはどうしたって避けられないし、しばらくは思い出す度に悲しい気持ちになるだろう。

「今日、スタジオに来てたのか。俺たちを見て……それで傷付いて泣いてた？　目の周りが赤い」

高瀬の伸ばした指先が愛花の目元に触れる。ビクッと体が強ばったが、彼は躊躇《ちゅうちょ》しなかった。愛花を見つめる瞳は懺悔と不安と愛情に満ちたものだ。

「俺が泣かせたんだな。ごめん。さっきも少し言ったけど、あれは瑞葉との専属契約のためにそうしたんだ。新しいブランドのイメージモデルとして起用するなら『カメラの前では恋人でいて欲しい』という条件を付けられた。だがあくまでフリだけで、キス一つしていない」

「どうしてそんな条件を飲んだの？　だって昔、付き合っていたなら、また誤解されるかもしれないし、それに……キス、してない……の？」

私が見たときはしていたのに、と最後の言葉を飲み込んだ。愛花があのとき見た二人は、キスしているように見えた。ちゃんと唇が重なったところは確認していなかったが、あれほど近寄っていたのだからと、そう思った。

しかし二人が仲のよさそうな雰囲気を見せれば、熱愛復活、と書き立てられるに違いない。そうやって外堀を埋められ、本当のことになってしまう可能性だってあった。

（むしろ、それが目的で専属契約の内容におかしな条件を入れたんじゃないのかなぁ……）

彼の方を向いていた愛花はソファの上に両足を乗せて膝を抱える。俯くようにして手にしたカップの中で波打つコーヒーを見つめた。頭では分かっていても感情までは誤魔化《ごまか》せなくて、喉《のど》の奥が苦しくなる。

「キスはしてないよ。そう見えるように近づきはした。広告ポスターのスチール撮影だったから、角度によってはしているように見えるだろうな。触れたのは頰だよ」

していないと言われても、あの角度からは完全にキスしているように見えたのだ。しかし、高瀬の言葉を聞きながら、愛花は安堵していく自分に気付く。

「あいつの条件を飲んででも、新ブランドは成功させなければと思った。でも、愛花にそんな顔をさせたり、傷付けたりするのならそれは間違いだった。俺が悪かった。でもこれだけは信じて欲しい。あいつとの間には仕事以外なにもない。愛花があの写真をいやだと言うなら、撮り直してもいい」

誤解させたくなくて説明するためにメッセージを入れたんだ、と硬い声音で説明される。

「もっと早く、こうなる前に愛花に言うべきだった。瑞葉のことを話して、いやな思いをさせたくなかったのに、結局……こうなってしまった」

打ち明ける前にあんな場面を見られたんじゃ意味がないな、と呟《つぶや》きながら彼は手にしていたカップをテーブルに置いた。そして愛花の手の中にあるカップも取り上げられて、同じようにテーブルに置かれる。

「俺は……お前に誤解されて、お前に嫌われることだけが怖い。こうなると分かっていたら、父の意見など無視すればよかった。お前を失うなら、プロジェクトをやめたって……」

「尚樹さん、それはだめだよ。それを言っちゃだめだよ。だって、あのプロジェクトは一人で作っているものじゃないもの。だから、それは絶対に、口にしないで……」

「そうだな……」

辛そうな彼の声が胸に突き刺さる。しばらくして腰に高瀬の腕が回ってきた。体を引き寄せられ倒れ込んだ彼の胸元は、いつもと違う香りがする。甘い女性もので、悲しくなる臭いだ。

「尚樹さん、あの人の……香水の臭いがする。なんか、……やだ」

「ああ、瑞葉がやたらベタベタしてきたからな。じゃあ、シャワーで流してくる。でもその前に、愛花が泣いた理由を聞かせて欲しい」

高瀬がやさしく愛花の頭を撫でてくれる。心地よさに酔っていた愛花は彼の質問に体を強ばらせた。ぎゅっと唇を噛みしめ目を閉じる。

(言わなくちゃ……だめだ)

隠しごとはしていたくない。颯真とのことを言わないまま、高瀬の隣で笑顔を見せるなんて無理だ。

逞《たくま》しい彼の胸にもたれかかり、そっとその背中へ腕を回す。そして気付かれないように大きく息を吸い込んだ。

「田園調布の撮影所で、尚樹さんと瑞葉さんの撮影風景を見て……とてもショックだった。それで……外に出て、しばらく動けなくなったの」

あのときを思い出すと今でも苦しい。だから今から言うことが、高瀬を同じように傷付けるかもしれないと思うと、告白を躊躇《ためら》ってしまう。

それでも高瀬は愛花が話すのを静かに待ってくれていた。彼の手の平が愛花の背中を穏やかに撫でている。そのやさしさと心地よさがさらに愛花の胸を締め付けた。

「尚樹さんがメッセージくれたとき、まだあの撮影所の近くにいたの。それでいつの間にか周りはもう真っ暗で……」

「って、何時間いたんだ？　女の子一人であんなところにいたのか？　いくら治安がよくても、夜の住宅街は人通りも少ないから危ないんだぞ」

「颯真さんが来てくれたから」

高瀬の言葉を遮《さえぎ》るように思い切って言うと、ずっと愛花の背中を撫でていた手が止まる。にわかに鼓動が大きくなり怖い気持ちが膨れ上がった。

「颯真が？」

「撮影所に着いたら連絡してって言われてたのに忘れていて、それで心配して見に来てくれたみたいなの。でもその……」

高瀬と瑞葉の関係を知っていて、わざと愛花をその撮影所へ向かわせた、とはさすがに言えなかった。彼に告白された件をどう伝えようかと悩む。どうしても直接的な言葉しか浮かんでこない。

「なにがあった？」

「……颯真さんに、好きだって――言われた」

消え入りそうな声で打ち明けると、高瀬の腕が愛花を強く抱きしめてきた。

彼がどう感じているのか知りたくて、だが顔が見えなくてとても不安になる。もちろんそんな告白を受けるわけがないから、と言いたくて口を開く。

「私、彼の――」

「それで、颯真にキスでもされたか」

その場で見ていたかのように次の展開を言われ、愛花は肯定も否定もできずただ息を飲み黙り込む。

頭の中には、もう嫌われてしまったかもしれない、という懸念だけが渦巻いた。

「…………」

「へえ、颯真がね」

突然変わった彼の声音に背筋が冷えた。あのキスは不意打ちで、了承したわけではないと伝えなければ、と愛花は焦《あせ》った。しかし高瀬の顔を見た途端、そんな言い訳さえ出てこなくなる。

「……っ」

さっきまでは愛しげに愛花を見ていたその瞳が、あからさまに冷たくなっていた。驚いて目を見開いた愛花は必死に高瀬を見つめる。しかし彼は正面を向いたままで、どこか遠いところを見ているような眼差しでなにかを考えているようだった。

「尚樹さん、私、あの、わざとじゃなくて。ちゃんと颯真さんには……」

衝撃が大きすぎて動けなくなっているときに、キスをされ肩を抱かれ颯真の胸で泣いてしまった。キスよりもなによりも、それが裏切りだったのでは、と考え始めた。

（どうしよう……なんて言えばいい？）

言葉を選びきれず再び黙り込むと、高瀬の腕が腰から解けていく。胸に抱えられていた愛花は、立ち上がった高瀬の体を追いかけるように斜めに傾いた。

「尚樹さん？」

「この臭い、嫌いなんだったな。流してくる」

それだけを言い残して、彼はバスルームの方へと歩いて行ってしまう。わけが分からずに立ち上がり、その後を追いかけた。

「尚樹さんっ、私……ごめんなさい！」

「今は——ダメだ！」

愛花の言葉と彼の静止する言葉が重なった。伸ばした手はビクンと途中で止まる。

「どうして……？」

「父に瑞葉を押されたとはいえ、彼女を使うと最後に決めたのは俺だ。それでお前を不安にさせて、その隙《すき》を颯真に突かれたことがどうしようもなく腹立たしい。俺自身の選択ミスなのに、このままだと愛花に八つ当たりしそうで、怖いんだ。だから、しばらく一人にしてくれ」

彼の声は辛そうで、喉の奥で微かに震えているのが分かる。

今の自分たちなら……こんなに愛し合っている二人なら誰にも邪魔されることはないと過信した。それぞれが相手のことを大切に思っていただけなのに、お互いを傷付けてしまった。

（今、尚樹さんの手を離すわけにはいかない。離しちゃだめなんだ）

そう思った愛花は、高瀬の腕をぎゅっと摑んでいた。

「八つ当たりしたっていいよ。だってそんな尚樹さんのことも、私……愛してるから。尚樹さんにならら……あの、変な意味じゃなくて、ひどいことされって平気だよ……」

自分でそう口にして、ぶわっと頬が熱くなる。

「それに、颯真さんは私と尚樹さんとのことを知ってて告白したの。だから私が断ることもわかっていたと思う。私が好きなのは尚樹さんだけだよ！」

愛花は堰《せき》を切ったように話し出す。颯真に気持ちを打ち明けられ、ほんの一瞬、彼の慰《なぐさ》めに揺らいだとしても、本当に愛しているのは高瀬だ。今までもこれからも変わらない。

それだけは分かって欲しかった。

それでも高瀬はこちらを振り向いてくれなくて、愛花の胸はズキズキ痛んだ。

「私で——私に八つ当たり、して欲しい」

愛花がそう言うと、バスルームの扉の手前で立ち止まった高瀬がようやく振り返った。

「お前に、そんな風に言わせてしまうような男で、本当にいいのか？」

彼の声がさっきとは違っていた。憤《いきどお》りや焦《あせ》りがなく落ち着いているような、それでいて今にも泣きそうに聞こえた。

彼がゆっくりと愛花に視線を動かす。目が合うとすぐに分かった。普段は凜々《りり》しく格好いい人が今は少し弱気な感じで、こんな彼を見るのは初めてだった。

高瀬が愛花に触れようとして、伸ばした指先が一瞬止まる。しかし大切なものを愛でるように目を細めた彼が、ゆっくりと顎《あご》を掬《すく》った。

「そんなことを言うと、本当にひどいことをしてしまいそうだ」

「——いいよ。尚樹さんになら、されたい」

本当に……と高瀬が呆《あき》れたような笑いを浮かべ、口元を歪《ゆが》ませた。

「自分はこんなに心が狭い男なんだと初めて知ったよ。独り善がりで子供みたいだな。それを今日気付かされた。打ち明けられなかった俺が悪いのに、こうなって嫉妬する自分に心底腹が立つっ」

顎に掛かっていた指先が、頬をゆっくり滑り愛花の後頭部へ回った。グッと髪ごと摑まれ引き寄せられると、強引に唇を奪われる。驚いて体が硬直してしまったが、彼の舌がすぐに咥内《こうない》へ忍び込み愛花の緊張を攫《さら》っていく。

「んっ……ふ……んんっ」

高瀬の腕にしがみつきたくて手を伸ばすと、その手首を強く摑まれた。そして好きなように好きなだけ咥内を貪《むさぼ》ってくる。ちゅっ、というリップ音のあと、あっという間に唇が離れて行った。

「こうやって、これから俺の身勝手に付き合わされるんだぞ？　そんな風に無防備に体を差し出して、お前は……」

「あっ」

驚いて目を見開いた愛花を高瀬が引っ張って歩き始めた。一緒に脱衣所へと入り、なにがなんだか分からない展開に戸惑っていると、今度は不意に腕を解放される。その勢いで愛花はその場にへたり込んだ。

「尚樹さん……」

「傷付けはしないよ。でもいつもみたいに、やさしくできないかもしれない。それでもいいのか？」

愛花は床へ座ったまま彼を見上げ、いつもと違うスイッチの入った彼の視線に背筋がゾクリとする。そして衛本の言葉を思い出した。

——それ、社長には言わない方がいいですよ。あの人、ああ見えて結構サディスティックな面があるので。

高瀬が普段は出さない野性味の強い空気を全身から漂わせ、愛花を緊張させる。

「いい、よ……」

「俺以外の男に、この唇に触れさせたのか？　もしかして、こうなることも計算してた？」

嫉妬に焦《こ》げたような表情を浮かべた高瀬が、愛花の目の前で片膝を突いてしゃがみ込んだ。

「私が好きなのは、尚樹さんだけ。それ以外はなにもいらない。計算だなんて、そんなの違うよ。違うから……」

さっきまでは不安げに見つめていた愛花が、今度は高瀬の瞳を凝視する。

あのときはまさか恋人になれるとは思っていなかった。社内の友人にも紹介できないような恋だったが、彼に愛をささやかれるだけで全てがどうでもよくなるほど幸せだった。

（私は尚樹さんのおかげでいろんなことに勇気を持てるようになった。おしゃれだって仕事だって、尚樹さんに釣り合うような女性になりたいって、思ったんだよ）

彼の大きな手が愛花の顎を掴み、その指が首筋を降りてきた。そのままブラウスのボタンを一つずつ外される。

「じゃあ俺の勝手に付き合ってもらおうか。いいんだな？」

「尚樹……さん」

「質問の答えは？」

彼の指先がどんどんボタンを外し、ウエストからブラウスを引っ張り出された。一番下のボタンは引っ張られた勢いではじけ飛ぶ。

緊張なのか昂奮なのか分からないものが愛花を支配していて、高瀬に睨《にら》み付けられるような視線の中にいるだけで、心臓が爆《は》ぜそうなほど高鳴った。

「うん……。して」

こんな風に剝《む》き出しの感情を態度に出した高瀬を見たのは初めてだった。彼に見据《みす》えられると体を動かすことも適《かな》わず、愛花はされるがままだ。

洋服を着ていると分からないが、今日のランジェリーは首にかけるホルターネックタイプのオープンテディを着用している。カップの部分と胴回りは完全に素肌が見えてしまうブラックシースルー。蝶の刺繡《ししゅう》レースがふんだんに施されていて、ラグジュアリー感がある。

ワンピース型の水着っぽい印象だが、お尻は丸見えで布の部分は圧倒的に少ない。背中も大きく開いていて、結んだリボン一つで着脱できるようになっている。

ランジェリーが透けないよう、上着のシャツも黒のブラウスにしていた。

それが高瀬の手によって露出される。彼の視線が胸元に落ち、涼しげな両目が細められると、その口元にはニヤリと笑みが浮かんだ。

「じゃあ服を脱いで洗面台に座って、一人でして見せて」

「……え？　ここで、ひ、一人で？」

「俺の憂さ晴らしに付き合うんだろう？　だったら今ここで自分から脚を開いて、するんだよ」

突然そう言われて戸惑った。今まで高瀬にされたことはあっても、命令されてするのは初めてだ。かといって自分から見て欲しい、なんて言った経験もない。

どこか高瀬の口調も荒っぽくて、だけど怖いと思う代わりに体の芯が疼《うず》いた。

（私、なんかおかしい。命令されてるのに、体が反応してる？）

愛花はノロノロと立ち上がり、タイトスカートのホックを外しゆっくりファスナーも下げる。手を離すとスカートは足元にストンと落ちた。袖のボタンを外し、ブラウスもその場に脱ぎ落とす。身に着けているのはランジェリーだけになった。

そのまま洗面台にお尻を乗せて座ったが、どうやって開始したらいいのかが分からない。

「どうした？　それでおしまいか？　そんなランジェリーを着けて全身で誘うくせに、自慰の一つもできない？」

彼は両手をスラックスのポケットに手を入れたまま、涼しい顔でこちらを見つめている。微かに兆《きざ》すその下半身はまだ完全ではないらしい。

「は、恥ずかしくて……」

「今さらなにを言ってる？　会社の会議室であれほど乱れていただろう？　俺のデスクの

上で脚を開いて、濡れたあそこを舐めさせたじゃないか。それと比べたら自分でしているところを見せるなんて、どうということもないだろ？」

「で、でもっ！」

「俺に付き合うと言ったのは愛花だ。だったら最後までやれるよな？」

彼の言葉にゾクリと背筋が震えた。高瀬の言葉に胸が騒ぎ出す自分に気がついて、そんな場合ではないのに愛花はひっそり頬を赤くする。

（どうしよう……私）

洗面所の大きな鏡にもたれかかり、のろのろと脚を開いていった。クロッチ部分は紐になっていてほとんど秘裂が丸見えだ。たった数分の言葉のやりとりで、愛花の陰部はしっとりと濡れていた。下生えは全部処理しているから、ひと目でどうなっているかバレてしまう。

「脚を開くだけか？　それだけじゃないよな。もっと、一人でしているときみたいに手を動かして。俺はなにも触れないし、見てるだけだ。その指先をどこに当ててるんだ？」

そう言いながらも、高瀬がゆっくりと自分のシャツのボタンを外し始めた。彼の視線が愛花の全身を舐めるように見つめてきて、その間も秘裂から愛液が染み出てくる。

「胸から触るのか？　それとも、濡れた花びらから撫でるようにして……蜜を滴《したた》らせていくのか？」

愛花は自分の白い乳丘へ手を伸ばすとそっと摑む。もう片方の手は脇腹の方からゆっくりと陰唇の脇を撫でると、自分自身を焦《じ》らすように内腿へ滑らせた。

「ん……っ、んっ、はぁっ……」

高瀬がその動きを静かに目で追い、淫らに開いた愛花の脚の間を凝視している。

（どうしよう、体がソワソワする。ちゃんと颯真さんのことやこれからのこと話し合って、ちゃんと……しなくちゃだめなのに……）

どうしてこうなってしまったのかと、ねっとりと纏《まと》わり付くような濃い空気に今にも飲み込まれそうな理性で考える。

「ん……ぁ……あぁ……」

やわらかい布の上から透けた乳首をなぞる。指先に感じるのは硬く凝った先端で、何度も爪の先で弾くと腰が僅《わず》かに浮き上がる。

自分でしているようにしろ、と言われたが、一人でするときはランジェリーを着けない。今は高瀬に見られているし、少し特殊な状況だ。だからいつもより余計に淫猥な気持ちになる。

指を自分の口に入れ、唾液で濡らしたそれで再びランジェリーの上から先端を捏ねくり回す。何度も繰り返すうちに唾液が染み込んで、濡れた部分が乳首の輪郭や勃起具合をくっきりと浮かび上がらせた。

「乳首が勃ってるな。片方だけしか弄《いじ》ってないのに、もう片方も硬くなってる。愛花はいやらしいな。昂奮してこんなにツンツンにしてる」

尖《とが》ったその先を抓んで引っ張る。片方だけでは満足できずに、愛花は高瀬の言うように右の乳首も同じように弄り回した。

高瀬の前でショーを披露し始めて数分、彼の下半身がさっきよりも膨らんでいるのが見えた。それを目にした愛花は無意識に唇を舐《な》める。

はぁ、はぁ、と呼吸が上がり、何度も唾液《だえき》を嚥下《えんげ》した。体の芯がジンジンと疼き、頬が火照ったように熱を持っていた。高瀬が触れる手の感触を思い出すと、きゅうっと隘路が切なく蠢《うごめ》く。

（もうだめ……触りたい）

乳首を散々弄り回した手を、ゆっくりと秘裂へ忍ばせる。そして花弁に触れるか触れないかの状態で指を動かす。今度は人差し指と中指で陰唇をグニッと左右に開くと、粘ついたような、くちゅ……という淫靡《いんび》な音が聞こえた。

「あっ……んんっ！」

いやらしい声と音を聞かれ、恥ずかしくて思わず目を閉じてしまう。体中の血液が沸騰するように熱くて、自分の吐息も熱を孕《はら》んでいる。昂奮で全身の神経が過敏になっているのか、僅かな衣擦《きぬず》れさえも愛花には快楽になっていた。

「愛花、目を開けて俺を見て。最後まで目を逸らすな」

「あ……そん、な……」

彼の言葉にゆっくりと瞼《まぶた》を開く。羞恥に滲《にじ》んだ視線で高瀬を見ると、彼は上半身のシャツを脱ぎ捨てていた。

まるで野生の獣を人にしたような、しなやかな筋肉を纏った理想的に美しい肉体がそこにあった。引き締まった腹筋に張り出した胸筋は、愛花をうっとりさせる。

彼はスラックスのベルトを外そうとしていた。その股間は完全にテントを張っていて、高瀬も同じように昂奮しているのを確認すると、ますます気持ちが膨れ上がる。

「ちゃんと……見てるよ。尚樹、さん」

高瀬の目を見つめながら、愛花は秘珠の皮を捲り上げる。空気に触れるだけで敏感に疼くそこへ、秘裂からあふれる愛液をちゅくりと掬い上げて塗り込めた。

「んっ！　ああっ！　あっ！　ひっ……ぁっ！」

微かに指が触れただけで腰が敏感に跳ね上がった。けれどすぐそれだけでは物足りなくなり、今度は愛芽を爪の先で弾いたり摘んだりする。刺すような鋭い刺激が、腰から背中を這《は》い上がってきた。

「ふぁっ、あっ……うっ、あ……ぁあ！」

そうなってからはもう夢中だった。懸命に指の腹で芯芽を突き回し、蜜口がヒクヒクと痙攣《けいれん》するまで続けた。

自分の愛液がじゅわんとあふれる感覚はまるでお漏らしをしているみたいで、ぶるっと身震いをする。それでも動かす手を止めることはできない。

「あ、やぁ、んんっ……はぁ、あ……っ、いぁ……っ！」

腰が不規則に何度も跳ね上がる。愛花は濡れた瞳で彼から目を離すことなく、懸命に手を動かした。けれどそれでは最後までいけない。

（指……入れたい。でも、でも……）

肉腔の中へ指を挿入するのを躊躇《ためら》っていると、近づいてきた高瀬が愛花の手首を摑んだ。

「ここだけじゃいけないんだろう？　いつもはどうしてるんだ？　もっとこの奥を……」

「ひっ！　あぁぁっ！」

高瀬が愛花の指先を柔穴に押し当ててズブズブと突っ込んでくる。中がうねうねと不規則に動き、自分の指を締め上げた。

「こうしていいところを擦りながらするんだよな？　愛花は俺に弄られて、いつも最後はわけが分からなくなってる。違うか？」

「あ、あぁぁ、やぁ……ぁ、違、わない……あぁ、尚樹さ……やだぁ、やぁん！」

自分の指なのに高瀬に動かされて掻き回していると、なにか違う気がする。だがそんな ことを考える余裕はどこかへ吹っ飛んでしまった。指の腹がGスポットを掠《かす》める度に、得も言われぬ快楽が膨らんでくる。

「なんだ？　もういくのか？　まるで粗相《そそう》したみたいにあふれてる。この音が聞こえるか？」

愛花の手をさらに激しく動かして抽挿してくる。そのリズムと同時にびちゃびちゃとエッチな水音が聞こえて、愛花自身も知らずに漏らしているような錯覚を感じた。

「やぁ、も、やだ……手、はな、し……いっ、いく……っ、あぁぁっ、も、あぁっ！　いっちゃ……ぅ、いくぅっ！」

遠くにあった快楽が高瀬の手を借りて、いきなり大きく膨らんだ。手伝わないと言っていたはずなのに、これでは彼にいかされたようなものだ。

上を向いて喉元を無防備に見せた愛花は、腰を不規則にビクビクと震わせる。その振動で乳丘も揺れ動き、その先端が布に擦れてじんわりと甘美な痺《しび》れを連れてきた。

（いったのに……私、まだ、止まらない……）

肩で息をしながら高瀬を見上げる。彼も欲に濡れた瞳をしていて、いつもよりサディスティックな視線で愛花を見ていた。

「まだ足りないだろう？　ここが……ピクピクしてるもんな」

彼の指が陰唇を左右に開き、親指で秘珠をグリグリと捏ね回した。

「やだっ！　あぁぁっ……い、今、いったばかりだから……そんなに強く……しな、ぁ、あぁっ！」

指先で秘珠を弾かれて体が大きくビクついた。思わず両足を閉じて高瀬の腕を挟む。それでも彼の指は動いていたが、必死にやめて欲しいと懇願してようやく手を離してくれた。

（もう少しで、出そうだった……）

ホッとしている愛花の前で、高瀬がスラックスと下着を脱ぎ捨てる。彼の屹立《きつりつ》は見事なまでに天を向き、悩ましげにヒクついていた。くっきりと裏筋が張り、太い血管が幾つも浮かび上がっている。凶暴に反り返った肉塊を目にして、無意識に喉が鳴った。

そして愛花は横向きに抱き上げられる。

「最後の手助けは俺のサービスだ。今度はこっちに付き合ってもらう。風呂でな」

「尚樹さん」

歩きながら口を塞《ふさ》がれ、舌を絡ませ合って嵐のようなキスをする。さっきのような怒りに満ちたものとは違い、肉欲に突き動かされているような動物的なキスに目眩《めまい》がしそうだった。

第十一章　愛される悦び

肩を抱かれてバスルームへ入ると、愛花はバスチェアに下ろされた。高瀬は黙ったままで近くにある湯張りのボタンを押している。

目の前で引き締まった腹筋が動く。とくに脇腹から腰にかけての筋肉が愛花の目を釘付けにしていた。そして彼の脚の間から伸びるのは、逞しい象徴だ。

（早く尚樹さんに抱き締められて……愛されたい。奥まで満たして欲しい）

絶頂を極めたはずの体は、まだ高瀬を渇望《かつぼう》しているようで、愛花の体の中で劣情が駆け巡った。

「尚樹さん……」

愛花はそのそそり勃《た》った彼の雄に手をかけていた。待ちきれず、というよりは、吸い寄せられるようにして手が動いてしまったというべきだろうか。

「どうした？　堪《こら》え性のないやつだな」

そう言いつつも高瀬は腰に手を当て、向かい合って立ってくれている。見下ろしてくる視線には情欲的な熱が満ちていて、愛花は迷わなかった。

鈴口からすでに透明な粘液があふれているそれを、躊躇なく口の中へ迎え入れる。

「は……むっ、んんっ」

唾液を幹に塗りつけるように、舌でカリの括れをなぞるように。そして裏筋を舌の広い部分で舐め上げる。苦い味が口の中に広がるが、見上げる高瀬の表情に快楽の欠片を見つけてうれしくなった。

「自分からするのは珍しいな。サービスか？」

言葉はきつくても彼の手が愛花の後頭部をやさしく撫でている。それだけで胸の奥がじわりと温かくなり、涙が出そうになった。

喉の奥へ愛しい雄を深くまで迎え入れると、咽頭のさらに先を高瀬の亀頭が擦る。苦しさに生理的な涙があふれ、愛花の頬を流れ落ちた。

高瀬の両目が細められる。そしてグッと腰を押し付けられて彼の前後する動きが加わった。

「んっ、んっ、んぐっ……ん、ん、んっ」

咥内でさらに大きくなった高瀬の剛直は愛花の口蓋を擦り上げ、果てる寸前だとすぐに分かった。処理しきれなかった唾液が、彼の性器と愛花の唇の隙間からダラダラと垂れ落ちる。

「愛花……出すぞ。受け止めろ」

いっそう激しくなった彼の行為に目眩《めまい》を覚えたとき、最奥で高瀬が止まる。喉の奥に、ドクドクと激情を浴びせられた。愛花はそれを一心に嚥下したが、飲みきれない白濁は唇の端から唾液に混じってあふれる。

「どうだ？　美味いか？」

ゆっくりと肉塊が口腔を動くと、亀頭の括《くび》れが僅かに唇へ引っかかり高瀬の熱塊がズルリと出て行く。

「はぁ、はぁ……」

肩で息をしながら、涙と唾液と白濁で汚れた顔を俯ける。手の甲でそれを拭いながら、愛花は涙が止まらないことに驚いていた。

（私……颯真さんの告白に慰められたけど、でもやっぱり……尚樹さんじゃなきゃだめだ。私、なにをされてもうれしいって思うのは、彼だけだ）

俯いている愛花の隣で、高瀬がシャワーを出し始める。湯気が辺りを覆い白っぽくなっていくと、脚の指先に湯が触れ劣情の名残を流していった。

「泣いてるのか？」

彼が膝を突いて目の前に座り、濡れた手で愛花の頬を撫でる。ゆっくり顔を上げると、鏡に映った自分の横顔が見えた。とても見られたものではない汚れた顔だ。

「わ、私……ひどい顔。こんなの、尚樹さんに見られたくない……」

「どうしてだ？」

「だって……尚樹さんにはいつも、かわいいって思われてたい。こんな、みっともないの、恥ずかしいよ。み、瑞葉さんみたいな……美人じゃないし、これじゃ……」

颯真に見られたよりもひどい泣き顔を、高瀬の前に晒している。もしも瑞葉が本気で高瀬ともう一度恋人に戻りたいと思っているとしたら、きっと太刀打ちできない。そんな気がする。

あの撮影所で見た二人は、お互いに視線を絡ませ合い濃密な空気を纏わせていた。たとえ短い付き合いだったとしても愛花には分からない二人の過去が透けて見えるようで、自分が入り込む隙などないのではと、思ってしまう。

彼女に勝てるものがあるとしたら、高瀬を想う気持ちくらいしかない。

「どんな理由でも、私以外の人に触れて欲しくないの……。本当は、他の誰も見ないで、私だけを見て欲しいの。颯真さんにされたのは――私が油断したから。わがままだし身勝手だと思う……それでもあなたを――好き」

愛花の言葉を黙って聞きながら、彼はずっと瞳を見つめて顔を撫でている。言葉だけで伝わるのかは分からない。だが今、愛花にできることは素直に全てを告げるだけだった。

「私が愛してるのは、尚樹さんだけだよ。キスしたいのはあなただけ。他の誰でもない。あなたにしか……抱かれたくないよ」

言葉の最後の方が涙声になって掠れる。

ごめんなさい、としゃくり上げるようにして続けると、高瀬の腕が愛花の体を強く抱きしめてきた。

素肌が触れ合い心地よさに目を閉じる。

あふれた涙は高瀬の肩口にポロポロとこぼれ落ち、それを感じた彼がさらに愛花を強く抱いた。

「――悪かった。みっともなく……颯真に嫉妬した。瑞葉のことをちゃんと話す前に、先に颯真の口からお前の耳に入ったことが悔しくて。愛花が傷付いたのに、傍にいられなくて、頭にきたんだ」

「ごめん……ごめんなさい」

「謝らないでいい。俺が悪かったんだ。傷付けてごめんな」

そっと腕を緩められて、愛花は至近距離で高瀬と見つめ合った。どちらともなく口付ける。

「ふ……ぅんっ……はぁ、んんっ」

瞬きをすると濡れた睫毛が涙を弾く。そしてその瞼をゆるゆると閉じる。

お互いの唾液《だえき》を混ぜ合いながら、彼は何度も舌を絡ませてきた。深くやさしく、濃厚で熱烈なキスは愛花の脳芯を蕩《とろ》けさせ、不安と哀惜を押し流す。

「んっ、ぅん……んんっ」

バスルームにシャワーの音と二人のくぐもった声が響く。角度を変えながら何度も口腔を犯され、高瀬の手がゆっくりと愛花の体のラインを撫で始めた。

「少し体が冷えたかな。温まったら寝室へ行こう」

「……うん」

額を付けたままささやくように会話をしながら、彼の唇が首筋から耳の後ろへと滑り、耳朶をあやすように舐《な》め回す。くすぐったくて肩を竦ませ逃げるが、どこまでも追いかけてきた。

「じゃあ、後ろ向いてここに手を突いて。愛花の体を洗うから」

「う、うん。……こう？」

言われるがままバスタブの縁に手を置いた。振り返ろうとするがすぐに覆い被さってきた高瀬に阻止される。

ホルターネックのリボンを解かれ、バックスタイルのお尻の紐も解かれた。僅《わず》かに肌を覆っていた布がはらりと落ち、一糸纏わぬ姿になる。

お尻の間に猛った雄を感じつつ戸惑っていると、ボディソープをつけた彼の手が両脇から胸を撫で始めた。

「あ、あの……尚樹さん、手で、洗うの？」

「そうだよ」

「だって、スポンジは……」

すぐそこにボディスポンジがあるのにそれを使わないらしい。ソープのぬめりが愛花の胸から腹、そして下半身へと流れていき、それに合わせて高瀬の手も動く。ぬるぬる滑る感触が心地よくて思わず声が出てしまう。

「あっ、あんっ」

「洗ってるだけなのに、どうした？」

「だ、だって……そこ、とか……。そんな、あっ、んっ。さ、触り方……」

高瀬の指が愛花の乳首を執拗に撫で回し、指先が何度も往復して乳丘ごと揉《も》みながら揺すってくる。泡立ち始めたそれを全身へ塗り込めるようにして手を動かされ、その一つ一つの行為が愛花を高めていった。

「ここ……ソープと違うものが垂れてる。どんな味だろうな」

「やっ……やだ、もう……」

そう言いながら高瀬が秘裂の脇を何度も撫でてきて、最後には猛った屹立を脚の間に忍ばせ前後に動かしてくる。亀頭の括れが秘芽を突き、甘く痺れる刺激で無意識に腰を揺らす。

「腰で誘ってるのか？　あんまり揺らすと……入ってしまうかもしれない。それでも、いい？」

「えっ……やっ……はい、入っちゃうの？　すぐに、入っちゃう？」

どうかな……と吐息混じりに耳元でささやいたのと同時に、高瀬の先端が秘孔《ひこう》を押し上げてきた。さっきの自慰で十分に開いていた花弁が、その剛直をあっさりと受け入れる。

「ひあっ……ん、あぁっ、あ、あ……っ」

ぬるっとした感触と共に、愛花の肉腔を拡げて灼熱の楔《くさび》が潜り込んで来る。自分の指とは違う、慣れ親しんだ高瀬の熱と硬さだった。

「はっ、あぁ……っ、すご、すごいの。そこ……あぁっ、あ、あ……っ」

ズブズブと奥深くまでを犯される。バスタブの縁に縋る愛花は、立ったまま高瀬に背後から犯される格好で抉るように突き上げられた。

「ひっ！　あっ、あぁっ、あぁっ、やっ、あぁ！」

彼の逞しい腰が愛花のお尻の肉を揺らし、叩きつけるような激しい音を響かせた。それと同じリズムで艶めかしい声がバスルームに反響する。腰を摑む手がソープで滑るのか、後ろから突かれる度にグッと力が入る。それでもしっかりと大きな手の平で細腰を支えられ、彼の抽挿《ちゅうそう》は続く。彼の大きな充溢《じゅういつ》が愛花の濡れた淫洞を激しく往復し、気持ちのいいポイントを擦ってくる。

「熱くうねってきた。愛花の中……すごくいい」

その言葉と同時に激しく穿たれ、体がぶるぶる揺さぶられた。亀頭が隘路の肉襞を捲り、抑えきれない喜悦があふれる。硬い肉茎が愛花をトロトロに溶かすように攪拌《かくはん》し、もうなにも考えられなくなっていた。

「んっ、あっ、あっ、は、はぁっ……あんっ、あぁぁ、気持ちい……いっ、ああっ！」

ひっきりなしに出る嬌声がさらに自らを昂奮の絶頂へと押し上げていく。高瀬の動きが早くなり、肉腔の中で剛直がまたひとまわり大きくなった。

脚の間を白い泡が幾つも雫になって垂れ落ちる。それがソープなのか、それとも愛液の泡立ちなのか分からない。

ただひたすら中を擦る肉塊《にくかい》の強烈な存在感に支配され、快楽だけを追う獣と化していく。

「尚樹さ……もう、もう……だめ、あぁっ、ああぁっ！　いき、そ……っ！」

「もういくのか？　ああ……締まってきた。中がいい感じだ……いやらしく動いてる」

自分でも分かるその膣の蠢動《ぜんどう》に、絶頂はすぐそこに来ていると知る。高瀬もそれを感じ取ったのか、さらに激しく腰を使ってスパートをかけてきた。頭の中はもう真っ白になっていて、快感だけを追いかけ、抜き差しされるリズムに合わせて体を揺らす。

「いく、いく……っ、あっ、あぁっ、ひ……あああぁぁっ！」

押さえられない絶叫がバスルームに響いた。瞼の裏でぱちぱちとなにかが弾け、まるで白い星が降ってくるようだった。悦楽の頂きへ上り詰めた愛花は息をするのも忘れる。

「あ、あ、ぁ、…………ぁっ」

ガクガクと体が波打ち、頭の芯が煮えるような感覚に狂わされる。隘路が長大な楔をきゅうきゅうと締めて震え、高瀬に支えられていなければとっくに座り込んでいただろう。

「いったか？　すごい締まりだ。だがこのままもう少し、動く」

いつもなら極めた直後は敏感になりすぎているので動きを止めてくれる。だが今日はそんな気遣いはなく、すぐに高瀬の腰が前後し始めた。

「ひっぁ！　やっ！　あぁぁっ、やだ……っ、なに、尚樹さ……あんっ、だめ、だめぇ……いやぁ……っ、そんなの、しないで」

まだきつく肉塊を締めている中、高瀬が無遠慮に愛花の中で暴れはじめ、収まりかけていた快楽が強引に引きずり出される。気を失ってしまいそうなオーガズムを上書きするように喜悦が愛花を襲った。

「このまま、締めてろ。中に、出すぞ。いいな？」

「いいっ……平気っ。知ってる、くせに……いつも、聞くの……や、やぁ……あぁ！　も、もう……やだぁ……中が……おかしく、なっちゃうっ！」

高瀬に腰を摑み上げられ、いつの間にか愛花の両足は宙に浮いていた。このままでは快楽に翻弄《ほんろう》されて壊れてしまう。

「……んっ」

低く唸った高瀬が何度か激しく突き上げて動きを止める。ビクビクと肉腔の中で震える雄が白い吐液を注ぎ込んできた。奥を熱い飛沫で濡らされ、下腹が彼の精液で満たされていく。

浮いていた両足をゆっくり床に下ろされる。腰砕けになった愛花はそのままズルズルと床へ座り込んだ。それと同時に中にいた高瀬がズルリと出て行き、奥に出された白濁が太腿を伝って流れ落ちる。

「愛花……おいで」

同じように高瀬も膝を突き、ぐったりとした愛花を腕の中に抱きかかえる。全身を気だるさが支配し、彼を見上げるだけで精一杯だった。

「尚樹さん……温まった？」

「ああ、とても」

心地いい疲労感を味わっていると、甘くやさしいキスを落とされ、愛花は濡れた睫毛をゆっくりと下ろしたのだった。


湯船で温まったあとベッドへ移動した。横向きに寝転がりながら脚を絡ませ、じゃれ合うようにキスをして互いの体を愛撫する。すると高瀬がなにかを思い付いたような表情を見せ、ニヤリと口元で微笑んだ。

「愛花に着けて欲しいランジェリーがあるんだ。次のデートで渡そうと思ってた」

「私に？」

「そうだ」

愛花の上に覆い被さっていた高瀬が体を起こし、ナイトテーブルの引き出しから金のリ

ボンがかかったピンク色の包み箱を取り出してきた。手を掴まれ高瀬に引き起こされた。そして愛花の手の平にポンとそれを置いてくる。

思いがけないプレゼントに驚きつつも、うれしくて胸がジンとした。

「開けていい？」

「どうぞ」

ゆっくりとリボンを解き、包装を剝《は》いだ。箱の蓋《ふた》を取ると、華やかな赤い色が目に飛び込んでくる。カップには薔薇の刺繡がふんだんに施されており、ゴージャスかつ繊細なベビードールだった。

「うわぁ……かわいい！」

「着けてくれるか？」

彼は背後から抱きしめるようにしながら、首筋へ雨のようにキスを繰り返している。照れを隠しているような、それでいて甘えているような高瀬に愛しさが増す。

「うん。じゃあ、ちょっと待ってて」

振り返って彼の唇にキスをすると、ベビードールを手にベッドを下りてバスルームへと入る。

肩紐を持って鏡の前でそれを取り出してみると、それは胸元から裾へ向かってAラインを描くように広がる、フレアシルエットが華やかに揺れるデザインだった。

（うわぁ、すごくかわいい。あ……前の部分は短めか。少しお腹見えちゃうんだ。でもこれ……）

胸元のリボンを解くと前開きになるが、それ以前に胸を覆うカップ部分に違和感を覚えた。よく見ると薔薇の刺繍は胸の膨らみを囲む形でデザインされていて、これではトップがまる見えだ。それ以外は普通のベビードールなのに、ここだけがやけにエッチな作りだった。

ドキドキしながら身に着け、鏡に自分の姿を映す。

「あ……」

想像通り胸の先端は丸見えで、アンダーバストから下は前開きに広がったシースルーなので、ほとんど裸《はだか》に近い。エロティックに素肌が透けている。そしてベビードールとセットになっていたGストリングは一見普通だが、フロントに一つポケットが付いているようだった。

（これなんだろう？）

不思議に思ったが、とりあえず下を履いて左右の腰でリボンを結んだ。しかしこの姿を高瀬に見せるのは、うれしいような気恥ずかしいような気持ちになる。そう言えば、きっと高瀬は、今さら恥ずかしいのか？　と笑うだろう。

鏡に映る自分を見つめながら、後ろからはどんな風に見えるのかな、と体を捩った。

「愛花？　もういい？」

バスルームの扉の向こうで高瀬の声が愛花を呼んだ。ドキドキするが、彼が選んでくれたのだと思うとやはり見て欲しい。

「うん、すぐに行くよ。でもお願いがあるの」

「ん？　なんだ？」

「あの……恥ずかしいから、後ろ向いて待っててくれる？」

そうお願いをすると、少し沈黙のあとに、分かったよ、と甘い声で返事が聞こえた。

彼が離れるのを見計らってから、そっと扉を開いて顔を覗かせる。お願いした通り、高瀬はベッドの上でこちらに背を向けて座っていた。

愛花は背後からゆっくりと近づき彼の肩先へ触れる。気付いた高瀬が手を握ってきた。

「どうだ？　気に入った？」

「うん。すごくかわいい。でもこれ……私に似合う？」

ベッドの上で膝立ちになった愛花は、そのまま高瀬の背中へ体を押し付けた。ドクドクと鼓動が高鳴る。それを背中越しに聞かれていそうで余計に昂奮した。

「後ろ向きじゃ見えないから、こっちに来てくれ」

手首を摑まれ、振り返った高瀬の腕が腰を抱いた。彼の視線が舐めるように体のラインをなぞる。恥ずかしくて両手で胸の部分を隠していたが、やんわりとそれを外された。

「これ、全部見えちゃうよ」

「確かに見えるな。でも似合ってる。想像通りだ」

肩先からゆっくりと高瀬の指が胸の膨らみへと降りてくる。レースのラインをなぞり、指の背が先端に触れた。

「……んっ」

「ここ、空いてるのが恥ずかしい？」

俯き加減で頷くと、吐息混じりに笑った彼が両手首を摑んで左右に広げた。無防備な胸に顔を近づけて、硬くなっている乳首に吸い付いてくる。

「んっ……ぁっ、はっ……あ、んっ」

逃げようと体を引けば、先端を甘噛みされる。僅かな痛みでそれ以上体を引けなくて、再び高瀬の舌に嬲《なぶ》られた。

右も左も同じように吸われ、その尖りはジンジンと痺《しび》れて熱を持つ。腰の奥にもどかしい欲が溜まり始めて、秘裂がすでに濡れている感触がある。自分で触れたいが両手首を拘束されているからそれも無理だ。ベビードールを着たまま、じゅるじゅると淫靡な音を響かせながら高瀬に弄《いじ》られていた。

「あっ、あぁっ、や、やだ……もう、やっ」

腰を引いて逃げようとすると、手首を摑まれたままベッドへ倒された。

「いや？　本当かな？　知らないうちに腰を振って誘ってるくせに、いや？」

「そんな……こと、してな……あぁっ！」

強く先端を嚙まれて思わず胸を突きだしてしまう。薔薇の刺繡に囲まれた乳丘がふるん、と揺れ、肉筒がきゅうっと締まった。神経が尖った乳首に集約して、軽く舐めて唾液を塗り込められるだけで敏感に快感を生む。

早く愛して欲しくて腰がむずむずする。それを知ってか知らずか、やさしく唇を食まれて、舌を差し入れられた。子供のようにそれに吸い付いて、夢中で唾液を絡ませる。太腿には高瀬の熱塊《ねっかい》が触れており、我慢できずに自分から押し当てた。

「悪い子だな。エッチなランジェリーを着けて、また発情した？　バスルームであんなにしたのに？」

「だって……尚樹さんが煽《あお》ったんだよ？　こんな……こんなの、私に着せるから」

「そうだなぁ。じゃあ最後に、このランジェリーの本当のすごさを教えてやる」

枕の下へ手を突っ込んだ高瀬が、ピンクの卵形のものを手にして見せた。

「それ、なに？」

「これは、ここに……入れる」

親指ほどの大きさのものを、フロントのあの小さなポケットへ収めてしまった。ちょうど秘芽に当たる部分がこんもりと盛り上がる。

高瀬の手の中には同じくらいの大きさのものが握られていて、スイッチらしきものが見えた。

「これって……おもちゃ？」

「そう。おもちゃ。俺の手の中のこれを……こうすると」

「ひっ！　やああああっ！」

静かな音が響いたかと思うと、バイブレーションが敏感な部分にアタックしてくる。思いがけない刺激で悲鳴のような声が出た。咄嗟《とっさ》に太腿をきつく閉じ、悶えるようにベッドの上で体を丸める。

「おっと、それじゃ楽しめない。ちゃんとこうして……俺に見せて」

仰向けに戻され、高瀬の手が膝を持って開いてきた。布地が突っ張ってローターが余計に当たる。膝を押さえられているから動けなくて、けれど過激な攻めも止まらないから腰がビクビク跳ね上がった。

「あぁっ！　やぁ！　あっ、あっ、あああぁっ！　いやぁっ！　やっ……あぁぁっ！」

ローターを肉芽から離したくて伸ばした手は、何度もどかされる。脚の間に体を入れてきた高瀬が邪魔で太腿を閉じられない。

「強すぎたか？　少し弱めてやる」

カチカチとスイッチの音が聞こえて、振動が弱くなる。それでもずっと果心をいじめてくるから腰のうねりが止まらない。

「やだ、やだぁ、尚樹さん……もう、やだぁ……！」

今度はあまりに緩くて焦れったい。隘路がビクビクしていて、もう見なくても濡れているのが自分で分かった。

「すごいな。もうぐちゃぐちゃだ」

腰をグイッと持ち上げられ、クロッチの隙間から高瀬の舌が秘裂を舐めた。花弁を開かれヒク付く孔へ舌先を潜入させてくる。

「はっ……あぁぁ……、あっ、あぁっ……んっ、んんっ」

「うん……おいしいな。愛花の味は……すごくいい……」

開いた花弁を高瀬が吸ってくる。あふれた愛液と彼の唾液で濡れたそこから、じゅるじゅるといやらしい音が響き渡った。ひっきりなしに出る艶声はまるで嗚咽のようになり、強すぎる刺激に涙があふれ出した。

「うっ……あぁっ、うぅ……ふっ、んんっ、はっ、あんっ！」

「泣いてる？　やめようか？」

「や……いや……やめないで。お、お願い……いやぁ」

「どうしたい？　なにがいや？」

　分かっているくせに聞いてきて、愛花の口から言わせたいのが丸わかりだ。恥ずかしいから言いたくない、なんてそんな理性はもうどこにもない。焦れったいもどかしさに体は支配され、弱い振動で追い詰められ、だめ押しのように高瀬に舐められたらひとたまりもなかった。

「舐めるの……いやぁ。もう、欲しい。尚樹さんの……欲しいよ」

「そう？　じゃあこのままあげる」

　どういうこと？　と愛花が頭を上げて彼を見たとき、もうすでに高瀬の屹立は熟れきった蜜口を擦っていた。膨らんだ真珠をいじめるバイブレーションは尚も微弱な焦れを生み続け、そしてその切っ先が秘孔へ押し入ってくる。

「あぁあっ！　すご……い、あ、あぁっ、んんっ、いっ、あぁ！」

肉筒を脈打つ熱塊が突き進む。バスルームであれほど愛されて、もういい、と思うほどいかされたのに、それでも高瀬を求めて肉襞が締め付けていく。

「いいな。すごいぞ。中も締まるが……この振動が余計に……」

今まで聞いたことのない高瀬の艶っぽい声に煽られ、彼の昂奮が伝わってくる。その証拠に、隘路を埋めた剛直は普段よりも大きく感じ、ビクビク震えながら貪欲に襞を捲っていた。

抽挿《ちゅうそう》は激しくなり、高瀬の息づかいと色香を増した声が部屋に響いている。果てしない愉悦の中に突き落とされ、愛花の意識は飛び飛びになる。いやらしい水音も、体の中で響くローターの振動音も、オーガズムへ上り詰める序曲のようだった。

「あ、あ、あ、やだ、なにか、でちゃう……ああ、ああっ！　やぁぁ！　あああぁぁっ！」

法悦の大波にのまれたあと、何度も挑まれ、指先一つ動かせなくなった頃にはもう夜が明け始めていた。体の内も外も高瀬の匂いでいっぱいになっていて、愛花は操り糸の切れたマリオネットのようにぐったりと横たわる。

薄暗い部屋の中で目が覚めると、すぐ隣には穏やかに眠る高瀬の顔があった。彼の腕を枕にしていた愛花は、甘えるようにしてその首元へ頬を埋める。

起きたのかどうか分からないが、少し身じろいだ恋人は男らしい腕で愛花の腰を引き寄せてきた。

「尚樹さん……愛してるよ」

そんなささやきに高瀬の口元が綻《ほころ》んだのを確認すると、再び瞼を閉じた。

第十二章　最高のプロポーズ

季節は本格的な夏になっていた。高瀬から新ブランドに関しての発表があるということで、今日は朝から大会議室に社員が集められている。ざわざわと落ち着かない人々の中に、愛花と菜奈の姿もあった。

「ねえ、新ブランドって結局なんて名前になったの？」

彼女がふとそんな疑問を投げかけてくる。そういえば、仮のブランド名はあったような気がしたが、正式な名称はまだ誰も聞かされていなかった。

「それを今日、発表するんじゃないの？」

「でも、たったそれだけで社員全員集める？　各部署に周知するだけでいいじゃない」

「まあ、そうだけど……他にもなにかあるのかもしれないね」

菜奈とヒソヒソ話していると、部屋の前の方に高瀬と衛本が立った。その後ろに颯真の姿もある。

彼らを遠目に眺めながら、愛花はボンヤリとあのときのことを思い出す。

朝方まで高瀬とセックスをした日、翌日の仕事のことをすっかり忘れ、ベッドの中で考えていた。

——衛本さん、あのあと瑞葉さんをどうしたのかな。

彼女が瑞葉を連れ出してから連絡はなかった。そのあとどうなったかを高瀬からは聞かなかったし、かといって会社で彼女に聞けるはずがないから少し気になっていた。

そしてもう一つ気がかりだったのは颯真のことだった。職場で顔を合わせた彼は、変わらず爽やかな笑顔を向けてきた。

——小牧さん、おはよう。

腹の底が読めないいつもの笑顔だ。その分、愛花が分かりやすい動揺を表に出し、ぎこちない笑みを返したことで菜奈に怪しまれるのは必然だった。

(颯真さん……相変わらずなに考えてるのか分からないな)

二人でいたときは、あれほど感情を剝《む》き出しにしてきた彼が、あまりにあっさりしていたので肩すかしを食らった気分だった。かといって、あからさまに意識されるのも困る。

(社内恋愛って、こういうとき大変なんだな)

遠い目でそんな風に考える。今回はまだそこまでトラブルになるような展開にはならなかったが、これが社内ダブル不倫だったりすると、おどろおどろしい昼ドラ愛憎劇が繰り広げられるのだろう。

あれからも瑞葉の撮影は続いていたらしいが、今はもう全てが終了している。仕事以外では連絡を取らないという高瀬の言葉を信じている愛花だったが、やはり不安に思う気持ちは少なからずあった。

(約束してたデートが仕事でキャンセルになると、今でも不安だもんなぁ)

気がかりに思っている感情を隠していても、次のデートで高瀬に見破られるハメになる。その度に、まだ信用していないのか、と骨の髄《ずい》までぐずぐずになるまで愛され、それを体に思い知らされるのだ。

だから今はあまり考えないようにしている。というか、考える余裕もなく仕事も忙しいから、気が紛れているのかもしれなかった。

演台には颯真が立ち、全社員を集めた理由を話し始めた。

「おはようございます。今日は朝からみなさんの仕事の手を休め、ここに集まってもらいました。少し前から進行中だった新ブランドに関しての発表になります」

正面には大きなスクリーンが下ろされ、スライドの準備が始まる。どうやら今から新ブランドのプロモーションビデオを見るらしい。

会議室の明かりが落とされると、スクリーンに真っ赤な薔薇《ばら》の花弁が舞う。

映し出されたのは赤い絨毯《じゅうたん》が敷かれたヴィクトリア調の階段だ。弦楽器とピアノの音楽が静かに流れ始める。カメラアングルがゆっくりと階段を上り、木製扉の前までやってくるとそれが開いた。

部屋の中には縦長の洋窓が正面に見え、その手前には真っ赤な座面、そして肘掛けには金箔があしらわれたソファが置いてある。そこに座っているのは女性で、頭からすっぽり白い布を被って窓の外を眺めている後ろ姿だ。女性が被っているのは肌が透けるくらい薄い布で、画面からは彼女が全裸《ぜんら》であることが見て取れる。

シーンは上から見下ろしたようなアングルに切り替わり、外を歩く仲のよさそうなカップルが楽しそうに会話している場面を映し出した。

音声はイタリア語で字幕が画面の下に表示されている。その二人を見下ろす女性が、苛《いら》立《だ》つようにカーテンを閉めてゆっくりと立ち上がった。

女性は自信なさげな表情で白い布をしっかり握りしめ、不安げに姿見の前に立つ。ため息を吐いたあとクローゼットを開き、中から洋服を引っ張り出し始める。どれを見ても、これじゃない、といった風に洋服を投げ捨てていった。

しかしそのクローゼットの奥に光る箱を見つけ、怖々手にして開ければ、ピンクの光る玉が入っていた。眩《まぶ》しくて顔を背けると、その光はラグジュアリーな下着へと形が変化する。戸惑いながらも女性はそれを身に着けていく。すると自分が変わっていくような気持ちになったのか、次第に表情が明るくなった。

そのとき扉が開き男性が入ってくる。頭から被っていた布を勢いよく投げ捨て、そこに現れた女性はもう自信のないあのときの彼女ではなかった。

部屋に入ってきた男性の首へ腕を絡ませ、こちらを振り返る。それと同時にカメラが動き、二人を横から映し出した。

男の胸に頬を押し当てた彼女は、自信たっぷりの瞳で視線を投げかけてくる。彼女の細い人差し指が色っぽい唇に押し当てられると、今度はアングルが右に動き徐々にフレームアウトしていく。眩しく光を放つ窓に画面が吸い込まれて行くと、白い背景に字幕が現れ、恋人が甘く語らうセリフが流れていった。

そのあとには瑞葉が他の種類のランジェリーを身に着けた、様々なカットが音楽と共に紹介される。

『洋服の下に隠れる女の自信。それは鎧を取ったときに発揮される。真実の愛を見せるのは恋人だけ――』

そんな文句と共に自信たっぷりの表情で高瀬にしな垂れかかり、唇が触れそうな瞬間、画面にクロスフェードするようにブランド名『ＡＩＫＡ』と金の筆記体でタイトルが輝きながら表示される。

愛花は、ただ瑞葉と高瀬が演じるスクリーンの中の二人に目が釘付けだった。まさかこんなドラマ仕立てになっていると思わなかったから驚いたのだ。

（なんだか瑞葉さん、すごかった。尚樹さんと本当の恋人みたいだった）

感動なのか嫉妬なのか分からない感情に少し苦しくなった。

隣の菜奈やその周囲の同じ部署の人間がこちらをチラチラ見ていて、なんとなく居心地の悪さを感じて我に返る。

「ちょっと……どういうこと？」

菜奈が愛花の脇腹を突きながら、幽霊でも見たように驚いた顔で聞いてくる。なんのことを言ってるのか分からず、愛花は一人でキョロキョロしていた。会議室の電気が点き、愛花を知っている社員がざわざわし始める。

「最後にテロップが出たと思うが、今回の新ブランドは『女性の自信と真実の愛』というのがテーマだ。そして、先代の社長……俺の父もそうだったが、新ブランドを立ち上げるときにはひとつ決まり事がある」

高瀬がマイクを手にスクリーンの前で話している。そのとき初めてそこに出ている筆記体の文字が自分の名前だと気がついた。

（えっ……なんで？）

　意味が分からずに動揺する。周囲が愛花を見ていた意味がようやく理解できた。

「菜奈……なんで私の名前がブランドなの？」

「し、知らないよ。私が聞きたいんだけどっ」

　声を落としながらも、菜奈が昂奮しているのが伝わってくる。ドクドクと心臓の音が体の中に響いていた。目の前では平然とマイクを持って話す高瀬の姿があって、その内容が半分も頭に入ってこない。

「父が立ち上げたのは『ネージュ』だった。これはフランス語で『雪』という意味で、母の名と同じだ。そしてその決まり事というのは、ブランド名に愛する人の名前を付けるというものだ。今回はフランス語にはこだわらないで、そのまま使うことにしようと思う。会社のブランド名を私的に使うのはどうかと言われそうだが、それは社長の特権ということで許して欲しい」

　照れ隠しをするように話す高瀬に、会議室が一斉にざわつき始める。特に愛花の周辺が尋常ではなく、菜奈が「きゃっ！」と声を上げるものだから、周囲の目が余計にこちらへ集中した。

「ちょっと、菜奈……声、抑えてよっ」

「だって、だって、だって！　ＡＩＫＡって愛花でしょ！　も、もしかして……もしかして彼氏って……社長？」

ぎゅっと愛花の腕を摑んで、まくしたてる菜奈になにも言えなくなった。社内恋愛禁止だと謳《うた》っているのに、こんな風にバラしたら大事になる。

（尚樹さん、どういうことっ⁉）

菜奈に体を揺すられ、呆然《ぼうぜん》としている愛花へ高瀬が視線を投げかけてくる。

「小牧愛花」

高瀬の生声が愛花を呼んだ。驚いた拍子に「はいっ」と思わず立ち上がってしまう。

「あっ！　ど、どうしよう……っ！」

注目を浴びた愛花は恥ずかしくて俯《うつむ》くが、足早に愛花の元へやって来た高瀬に、こっちへ来て、と手を引かれた。

「しゃ……社長？」

「いいからこっち」

そのままスクリーン前に連れ出されると、高瀬がスーツの内ポケットから小さな箱を取り出した。そして彼はゆっくりと膝を折り、愛花を見上げてくる。

「俺と、結婚して欲しい」

高瀬の言葉を聞いた会議室の若い男性社員が一斉に声を上げる。女性の悲鳴のような声も聞こえて、会場は悲鳴と歓声とが入り交じる。

愛花の頭の中は真っ白で、完全にキャパオーバーだ。そんな中、高瀬がやさしい瞳で見上げ、少し照れたような表情のあとゆっくり口を開く。

「返事を……聞かせて欲しい」

「は、はい。喜んで！」

了承の返事は再び歓声に掻き消される。立ち上がった高瀬が愛花の肩を抱いた。そしてマイクを再び手にして話し始める。

「こうなったから、というのも都合がいい話だと思うが。父の作ったルールは撤廃だ。社内恋愛は解禁する！」

そのひと声で男性社員の野太い声がまるで遠吠えのように響き渡る。新ブランド発表が薄れるくらいの盛り上がりに、衛本も颯真も呆《あき》れた表情を浮かべるばかりだった。

＊　＊　＊

「社長夫人」

そんな風に声をかけられて、愛花はムッと唇を尖《とが》らせる。今日はもうどれだけ菜奈から
そう呼ばれたか分からない。その度に、やめて、と言うのだが、それくらいで止むはずも
なかった。
――彼氏紹介してってせっついても、そりゃ言えないよねぇ。だって、高瀬社長なんだ
もん。ねー？
この言葉をもう嫌というほど聞かされた。とてもじゃないがランチを奢《おご》るだけでは納得
しないだろう。
そして愛花のいる部署には、他部署からの見学ツアーのような人々がひっきりなしだっ
た。特に用事はないが、愛花を知らない人たちが見に来るのだ。
「ねぇねぇ、またツアーの人が来たよ」
「もう……本当に信じらんない」
「まさか高瀬社長がみんなの前でプロポーズするとはねぇ。やるねぇ」
オヤジ口調で大げさに言ってのける菜奈を尻目に、愛花の目は疲れ切って遠くを見つめ
ていた。
信じられない場所とタイミングで高瀬にプロポーズされ、今は恋人から婚約者にランク
アップした。今でも高瀬と釣り合っているのだろうか、と気にすることはあったが、前ほ

ど気に病むことはない。

「菜奈、今日はランチ奢るから、もうあの呼び方やめてくれる？」

「おお、奢り？　社長夫人、太っ腹！」

大きな声でバシンと背中を叩かれた。これはしばらく収束することはないだろう、と愛花は諦めたのだった。

エピローグ

カチ、とマウスのクリック音が微かに響く。バルコニーにある椅子へ座り、海を眺めながらイヤホンを両耳に付けた。そしてテーブルの上に置かれたノートパソコンの画面を見つめる。再生された動画はＡＩＫＡのＰＶ《プロモーションビデオ》だ。

それを初めて見たのは、高瀬に大勢の前でプロポーズされたあの会議室の大きなスクリーンだった。

映像の繊細さやその作り、そして瑞葉の演技や美しさに驚いて心を打たれ、それと同時に彼女には叶わないという敗北感も抱いた。ツラくて、もう二度と見られないだろうとも思った。だが今はあのときとは違う感情で見ることができている。

動画は終わりの方に差しかかり、瑞葉が白い布を勢いよく取り去っていた。そして部屋に入ってくる高瀬に触れて顔を近づけ、唇が触れる瞬間にクロスフェードしてタイトルが表示されると動画は終わった。

ＡＩＫＡ、と金の文字を見つめながら、愛花は考えていた。

――あいつの条件を飲んででも、新ブランドは成功させなければと思った。

あの日、高瀬がそういった意味を今なら理解できる。ＰＶ撮影が終わった今は、高瀬も瑞葉とは全く会うことはなくなった。だからもう彼女との間になにかあるのではないか、という疑いは持っていない。

自分には自分だけの、魅力があると教えてくれたのは高瀬だったし、愛花の自信のなさは彼の有り余る愛情が過分に補ってくれている。

広告ポスターに使うはずだった、高瀬とキスをしているように見えたあの写真は、最終的に撮り直しとなった。ＰＶの中でも高瀬の顔は見えそうで見えない状態に編集され、瑞葉は大いに不満を漏らしたらしかった。

しかしそんな瑞葉はといえば、ＡＩＫＡのＰＶで思わぬ演技力を買われ、今はドラマにも出演するようになった。モデルとしても人気はあったが、ドラマでも違う層のファンが付いて今やテレビで見ない日はない。

いろいろなことが少しずつ変わっていく。寂しい気もするけれど、それよりもドキドキすることの方が多い。

愛花がソレイユを寿退社してからしばらくして、菜奈から「彼氏ができた」と写真付きで報告があった。どこかの観光地で撮られた写真だったが、彼女の隣に立っていたのが颯真だったことには死ぬほど驚いた。

「ここにいたのか？」

不意に背後から高瀬が抱きしめてくる。海風が髪を揺らす。海面にはキラキラと陽の光が反射して、その眩《まぶ》しさに愛花は目を細めた。

「うん。風が気持ちよくて」

「また見てるのか」

「すごく好きなんだよね。特に彼女が白い布を取った瞬間とか」

そうか、と高瀬が返事をして、愛花の髪を左の方へと寄せ別け、あらわになった首筋に唇を押し当ててきた。何度もキスをされてくすぐったくて思わず肩を竦める。

海が見えるこの場所は、高瀬が購入した別荘のバルコニーだ。目の前に広がる素晴らしい眺望は毎日違う顔を愛花に見せてくれる。

都内にも新居はあるが、夏の間はこうして葉山で過ごすことになったのだ。どうしてこの場所なのかを聞いたら「愛花のためにここを選んだ。海があって山あって……日常の忙しさを忘れて二人で過ごせるだろう？」と彼は得意げに言った。

仕事人間なのは分かっている。どんなときでも仕事優先で、時には寂しくてたまらないことだってある。

でも今は昔はみたいに不安で泣きそうになる夜はない。本当に愛されているといつでも実感できるからだ。

背後から抱きしめている高瀬の腕をそっと撫でる。

「ねえ……お願いがあるの」

キスして、と愛花がそう言いながら振り返り、夫となった高瀬を見上げる。彼の視線がやさしく愛花を見つめ、それが近づいてきて願い通りに甘やかな口付けをくれた。

今でも少し照れくさく感じるけれど、それでも毎日が新鮮で毎日が幸せでいっぱいだ。

一日の最後にはいつも高瀬のことを考えた、あのときと同じ気持ちで愛花は口を開いた。

「尚樹さん……愛してるよ」

やさしく見下ろす高瀬の瞳が、愛しそうに細められると、返事の代わりに濃厚なキスをくれた。彼が愛花の手を握ると、ゆっくりと引っ張って立たされる。身長差で唇が離れても、お互いに視線を絡ませたまま部屋の中へと入った。

彼のデザインしたランジェリーに身を包み、高瀬と共に淫靡な夜を過ごす。

愛花を飾るのも、それを取り払い生まれたままの姿を抱きしめるのも、愛する彼だけだ。

今日も明るいベッドルームから前哨戦《ぜんしょうせん》が始まろうとしている。

あとがき

初めまして。こんにちは。深雪まゆと申します。このたび、ティーンズラブ小説コンテストにて『社内恋愛禁止〜あなたと秘密のランジェリー〜』が最優秀賞と読者賞を受賞するという栄誉を賜《たまわ》りました。まさに青天の霹靂《へきれき》でした！　一次選考を通過しただけでよしとしよう、と思っていたのですが、蓋を開ければW受賞という結果にはぶったまげでした。

私の作品に投票して下さった読者さま、そして「君に決めた！」と選んで下さったメクる編集部のみなさま、竹書房の編集部さま、本当にありがとうございました。受賞だけでも夢のようなのに、まさかそれが本屋さんに並ぶなんて考えられず、ずっと足が地に着かない状態でした。

そしてそれをようやく形にしてみなさまのお手元へ届けられたことを、とてもとても嬉しく思います。

このお話は私の欲望と勢いだけで書いた作品でして、お話の骨組みは全て頭の中だけで考えました。なので書籍化するにあたり、細かい部分を見直してみるといろいろと矛盾が出てきてしまい四苦八苦でした。言葉にはせずとも、それはきっと担当さまも思っていたことでしょう（笑）。真っ赤になった原稿を見て自分の実力を思い知り、そしていいものにしなくちゃというプレッシャーも大きくありましたが頑張りました。

私はＴＬを書き始めたのが去年の一月で、その前はＢＬを書いておりました。ＴＬには縁がないかも、と思っていたのに、今はこちらの方を主軸に活動している不思議です。ＢＬほど他の先生方の書籍を読んでいないので、勉強不足は日々感じていますね。もっともっとたくさんの読者さまを楽しませることが出来るような作品を書けるようになりたいな、と思っている所存です。

ようやくなんとかここまで辿《たど》り着きました。この書籍を完成させるにあたり、素敵な表紙を飾って下さったのはなんと駒城ミチヲ先生です。物語の中の二人がこうして目に見える形になると感慨ひとしおといった感じですね。ありがとうございました！

そして最後までお付き合い下さった担当さま、本当にありがとうございました。

最後に、私の初文庫本を手にして下さった読者さま、心より感謝しております。

少しでも楽しんで頂けたなら私も嬉しいです。

また次回もお会い出来るのを楽しみにしています。

深雪まゆ

貴女が欲しくて、
堪らないのです……

本書は、電子書籍レーベル「らぶドロップス」より発売された電子書籍を元に、加筆・修正したものです。

社内恋愛禁止
～あなたと秘密のランジェリー～
２０１７年5月２９日　初版第一刷発行

著……深雪まゆ
画……駒城ミチヲ
編集……株式会社パブリッシングリンク
ブックデザイン……カナイ綾子
（ムシカゴグラフィクス）
本文ＤＴＰ……ＩＤＲ

発行人……後藤明信
発行……株式会社竹書房
〒102-0072　東京都千代田区飯田橋２－７－３
電話　03-3264-1576（代表）
03-3234-6208（編集）
http://www.takeshobo.co.jp
印刷・製本……中央精版印刷株式会社

ISBN978-4-8019-1032-4　C0193
Printed in JAPAN